セシル文庫

赤ちゃんとハードボイルド

稀崎朱里

イラストレーション／周防佑未

赤ちゃんとハードボイルド◆目次

赤ちゃんとハードボイルド

二階の窓から飛び降りる。

びちゃっと水たまりが跳ねて、脛《すね》から膝に軽く痺れが奔《ほとばし》った。痛みも覚えた。

「いて……っ」

低く呻《うめ》いて、麻倉蓮《あさくられん》は呼吸を整えた。

黄色い灯《あか》りが漏れる二階を見上げたが、事務所の連中が蓮の行動に気づいた様子はない。

（逃げなきゃ）

蓮は立ち上がって走り出す。街灯の少ない雨の街は方向がよくわからない。

逃げるにあたって、明るいほうへ行ったほうがいいのか。それとも暗いほうか。

蓮はとにかくひたすら走り続けることを選択した。

どこにいるのか、どこに辿り着くのか、まったくわからない。無情の雨が全身を打ちつけ、どんどん体温を奪っていく。脚が重たくなる。息があがる。立ち止まれないのに、次の一歩を踏み出すのがしんどい。高校時代に走らされたハーフマラソンの後みたいだ。

「逃げなきゃ、逃げなきゃ……捕まりたくない」

蓮はうわごとのように呟《つぶや》きながら歩き続ける。脚はますます重たくなる。濡れた身体に力が入らない。

崩れ落ちそうになったとき、不意に背後から腕を掴まれた。

「ひゃっ……っ」

上擦《うわず》った悲鳴をあげて、蓮はその力から逃げようと暴れた。あらゆる抵抗をあっさりと躱《かわ》されて、強く抱き締められる。

「おとなしくしろ」

低く抑えた男の声が耳朶を滑る。

鋭い悪寒に支配されて、蓮は硬直した。こんなに逃げたのに捕まってしまったのだと思った。

「そうだ。いい子だ」

低い声が静かに笑う。

男はそのまま、蓮の身体を引き摺《ず》るように建物の間に連れ込んで行く。絶望感に苛《さいな》まれ、蓮は抗《あらが》うことを忘れて、ずるりと陰に入ってしまった。男の腕に腹をぐっと押さえつけられ、呼吸もしにくい。疲れ切って重たくなった脚は錘《おもり》がぶら下がっているみたいだった。

（……終わった）

蓮は全身から絞り出すような溜め息を吐いた。

「そんなこの世の終わりみたいな溜め息を吐くな」

男が嘲《あざけ》るように囁く。

その言葉を聞いてやっと、蓮は男の声が聞いたことのないものだと気づいた。

ばさっと頭からなにかをかけられ、ぎょっとする。頬を掠める布地の感触は黒いロングコートのものだった。

蓮は恐る恐る顔を上げる。

光の少ない闇の中にいても誤魔化しようのない整った顔立ちがそこにあった。

「……誰？」

蓮は思わず訊いていた。


「さっさと入れ」

左右に背の高い柱を持つ大きな門。表札は見えない。厳《いか》めしい黒い鉄柵が侵入者をわかりやすく拒《こば》んでいる。門柱前の松の緑は丁寧な半円形に整えられ、まるで忠義な門番のように植えられていた。

個人宅とは思えないほど敷地が広いことは門から建物までの距離、庭の木々の量、塀の造りで容易に推測できる。そこらの学校の校庭より広いかもしれない。

命の危険に直面して、もう駄目だと思ったときに手を差し伸べられ、雨に濡れないようにコートまで被せてくれてここまで素直について来てしまったが、本当に正解だったのだろうか。

（結局はどう転んでもまともな形で帰れないんじゃないかな、俺）

蓮は困惑でいっぱいになりながら、男の横顔を見やる。とても冷たいけれど、顔立ちは同性であってもうっかり見惚れてしまいそうなくらいに端正だ。蓮もよく整った顔をしていると言われるが、中性的に分類されるから男とは比較にもならない。

男はたぶん三十歳前後。大人の落ち着きと、老成し過ぎていない青さが絶妙のバランスで混ざり合っている。綺麗に撫でつけた髪型もシャープなデザインのスーツも実によく似合う。自分の魅力を最大限に引き出す方法を知っているのだと思う。似合う似合わない以前に値札を確かめ、無難で使いまわしのきく服ばかり選ぶ蓮とは大違いだ。

「あの……俺」

「何度も言わせるな。入れ」

男は冷淡に言い放ち、尻込みしている蓮の腕を引っ張る。

「で、でも……っ」

「びしょ濡れで肺炎にでもなって死にたいのか」

男の声は更に冷たく鋭く突き刺さるように響く。

蓮は咄嗟に「すみません」と呟いてしまう。

男に腕を掴まれたまま、蓮は屋敷に入った。

「タオルを持って来てやる。少し待っていろ」

「い、いえ！　だいじょうぶですから！」

そう言い切った途端、くしゅっとわかりやすいくしゃみが出た。蓮は両手で口元を覆った。

「いまのくしゃみはだいじょうぶではないという主張だろう？」

男はすっかり濡れてしまったスーツの上着を脱ぎながら、冷めたような笑みを唇に浮かべ続ける。優しい表情ではないのに、顔立ちが整っているせいで美しく見える。意識が引き寄せられる。

目線がしっかりと重なり合って、蓮は慌てて顔を背けた。

「風呂も貸してやる。温まれ」

「いえ……」

「まただいじょうぶとかつまらない意地は張るなよ。明らかに大丈夫ではないからな。そんな状態では満足に話もできん」

男は蓮の拒否を封じ込めるみたいに間髪容れずに続けた。


風呂を借りて、用意してくれてあったパジャマを着て廊下に出る。

(どこに行けばいいんだろ)

か細い灯りが揺れる廊下を歩き、玄関まで戻る。さっきは気づかなかったが、天井からぶら下がった照明に丸の中に向かい合う鳥という家紋が入っている。毒々しさはないが、こうやって目立つ場所に家紋を掲げているのだから、きっと誇りたいのだろう。蓮の家では仏壇か墓石にくらいしか家紋など入っていなかった。

「なにをそんなに珍しそうに眺めている？」

黄色い光に縁取られた家紋を見上げていた蓮の頭を大きな手のひらが鷲掴みにする。驚きの声をあげそうになるのを必死に堪えて、蓮は上目使いに男を見やった。

ボタンをほとんど外したワイシャツから浅黒く日焼けした滑らかな肌がちらちら覗いている。鍛えているのであろう、割れた腹筋が綺麗だ。

「麻倉蓮くんは好奇心旺盛なようだな」

「えっ」

どうして、男は蓮の名前を知っているのだろう。

身元を示すようなものはすべて奪われてしまったから、スーツのポケットを探ったところで麻倉蓮という名前がわかるわけはない。

理由を聞きたいけれど、うまく唇が動かない。びっくりし過ぎて言葉が生まれてこないのだ。鼓動が嵐のように乱れていく。

男がふふっと笑いを漏らす。

「なぜ名前を知っているのかという顔だな」

「……だって」

なんとか発した声が微《かす》かに上擦《うわず》る。蓮は肩に掛けたバスタオルの端を掻き合わせて、乱れまくる鼓動を隠した。

「人ひとりの名前を知るくらい簡単なことはない」

男は悠然と双眸を細め、腕を組んだ。大きく開いた襟元から形の良い鎖骨が見える。

「俺は速水《はやみ》」

男が唐突に名乗って部屋に入って行く。蓮は驚きを抱えたまま、後を追いかける。大きなダイニングテーブルを中央に据えたリビングダイニングだった。素足に板の間が冷たい。

男はスリッパを履いているが、蓮にすすめてはくれない。

「速水皓一郎《こういちろう》だ」

ゆったりとフルネームを告げて、男はダイニングテーブルからはみ出した椅子に腰かけた。食べ終えた丼らしき食器に渡し箸がしてある。その横のコーヒーカップからはまだ湯気がたっている。

「速水さん、ですか」

蓮は廊下とリビングの境目に立って、速水と名乗った男を見つめた。速水が微かに唇をゆるめる。笑みではない。整っているから、この程度の変化でも妙な凄《すご》みがある。わざとらしく威嚇《いかく》したり、猛禽《もうきん》めいた表情を作ったりしなくても怖れを感じさせる。

「俺だけが一方的におまえの名前を知っているのでは不公平だろう」

「……はあ」

「世の中にはしょせん公平など存在しないがな」

速水は腕組みを解き、隣の椅子を億劫《おっくう》そうに引っ張り出した。冷め切った瞳で蓮を凝視しながら、「とりあえず座れ」と座面を弾く。

蓮が躊躇《ためら》っていると、速水の指先の動きが苛立《いらだ》たしげに早くなった。

「すみ、ません」

蓮はぎこちなく頭を下げてから、速水の隣の椅子に歩み寄った。端っこに尻をひっかけるみたいにして座る。膝が速水にぶつからないように身体の向きを斜めにした。

「では、麻倉蓮くん」

「はい……」

「債権回収《さいけんかいしゅう》の話をしようか」

「ええっ！」

蓮の少しばかり間抜けな驚きの声に、男は例の笑いをこぼす。ふふっと肩が揺れた。

「債権って……」

社長は『若生《わこう》連合』とかいうヤクザ街金だけでなく、ここにも借金があるのだろうか。

では、速水はヤクザから蓮を助けてくれたのではなく、自分のほうに返済させるために奪取《だっしゅ》しただけなのか。

（マジか……いったいいくら借りてるんだよ、あの社長。俺の名前を勝手に使って、なにしてくれてんだよ。もうっ）

蓮はヒステリックに喚《わめ》きだしそうになる唇をきつく噛み締め、今朝からのことを思い返してみる。

いつも通りに会社に出勤したら社内にはなにもなかった。デスクも椅子もパソコンも電話も書類棚も、本当になにもかも全部。空《から》っぽになったフロアーには丸めて投げ捨てられた紙屑《かみくず》や埃《ほこり》、歪《ゆが》んだパーテーションが一枚だけ残っていた。

社員は誰も出社せず、代わりに社長が多額の金を借りている街金の手下であるチンピラたちが乗り込んで来た。蓮は彼らにヤクザの事務所へ連れて行かれ、社長は五千万の金銭消費貸借契約書を入社書類だと偽《いつわ》り、連帯保証人欄にサインをさせていたことを知った。

深夜のヤクザの事務所でチンピラたちが蓮に対する返済方法を話しはじめたが、その内容が風俗だとか内臓を売るだとか、とんでもないことばかりで、恐怖に駆られて逃げ出し、速水に助けられた。

まさに九死に一生だと思った。

（それなのに……）

蓮は掬《すく》い上げるように前方を睨み据えた。

「おい。その目つきはなんだ?」

速水が眉を顰《ひそ》める。

別に速水を睨んだつもりはない。これは、ここにはいない社長に叩きつけたい怒りと憎しみだ。人の良い顔で信用させて、わからないように連帯保証人欄にサインをさせて、蓮の将来をめちゃくちゃにした。多額の借金を背負って職を失って、ヤクザに追い駆けまわされる人生しか残っていない。助けてくれたと思った人すら債権者だったなんて、終わらない悪夢だ。

「少しは感謝して……」

言いかけた速水の言葉を完全に押し潰す勢いで、赤ちゃんの泣き声が響き渡った。「うぎゃー」と、まさに火がついたような激しさだった。

(赤ちゃん?)

ぎょっとして、蓮は速水を見つめる。速水の頬からは早々に笑みが消え、驚きと困惑で混乱した不思議な表情に切り替わっている。

(赤ちゃんが、いる?)

癇癪《かんしゃく》でも起こしているのか、「うぎゃあ、うぎゃあ」の合間に「ぴぃい」と僅かばかりヒステリー気味の泣き声も混ざる。誰かがあやしてはいるのだと思うけれど、この世の終わりみたいな絶望的な大泣きにも聞こえた。止まるどころかどんどんひどくなる。

「まったく」

速水は忌々《いまいま》しげにテーブルを叩きつけた。コーヒーカップと丼が軽くぶつかり合った。

「あれほど泣かせるなと言っているのに。使えないやつらだ」

誰に言うともなく、もちろん眼前の蓮を意識することさえなく立ち上がると、速水はリビングを出て行く。廊下へ一歩踏み出してから気づいて、億劫そうに振り返って蓮を睨み据えた。

「逃げるなよ」

「は？」

「すぐに戻るから逃げるなと言ったんだ。話は終わっていない。麻倉蓮は一度で人の言葉を理解する能力を身につけろ。何度も同じことを言わせる人間は最低だぞ」

速水は蓮を突き刺すみたいに指差してから、大股で歩き去って行った。


リビングにぽつんと取り残されて、蓮は泣き止まない赤ちゃんの声を聞いていた。

今度は速水があやしているのだろう。

さっきの表情から察するに、たぶん速水が赤ちゃんの父親なのだと思う。うまく泣き止ませられていないのは、彼の妻か、赤ちゃんの祖父母か。

大きな屋敷だから、二、三家族が同居していてもおかしくはない。

赤ちゃんの泣き声は、「うぎゃあああ」よりも「ぴいぃぃい」が多くなっているような気がする。よっぽどなにかが気に入らないのだろうか。

速水が赤ちゃんのところに行ってから、結構な時間が経っている。

「こんなに泣きやまないのって、やばくないのかな」

二十三歳の蓮はまだ子どもはいないけれど、姪っ子の様子を見てきたから、なんとなくこの泣き声が尋常《じんじょう》ではないと思った。

滅多に夜泣きをしない姪っ子でもときどきは大泣きすることがあって、手足を痙攣《けいれん》させていたこともあった。後遺症があるものや癲癇の類《たぐ》いではなかったものの、母や姉がおろおろしていたのを覚えている。

泣きすぎて脳に影響が出ることもないではないらしい。

一際大きく「ぴいいいっ」と聞こえてきたら、もう堪《たま》らなくなって、蓮はリビングを飛び出した。

赤ちゃんがどの部屋にいるかはわからないが、この声を頼りにすれば行きつけるに違いない。

蓮は泣き続ける声をたよりに廊下を歩く。

赤ちゃんのもとに向かった速水は階段を上がらなかったはずだ。一階のどこかの部屋。長い廊下の左右に並んだ襖《ふすま》を少しずつ開けてみる。最初の部屋は真っ暗で誰もおらず、次の部屋は物置のように物が押し込まれていた。その次の部屋はまた電気が消えている。

だが、泣き声には近づいている。

蓮は四つ目と五つ目の襖をほぼ同時に開いた。

煌々《こうこう》と明かりが点った五つ目の部屋の中から、赤ちゃんの泣き声がなんの遮蔽物《しゃへいぶつ》もなく蓮に襲いかかってきた。

（いた！　赤ちゃん！）

蓮は足を止めた。

六畳に淡いブルーのカーペットを敷き、ほぼ中央に柵の高いベビーベッド。天上からは熊やウサギが追いかけっこをするようなモビールがぶら下がり、ベッドを囲んでたくさんのぬいぐるみやおもちゃが置かれている。

可愛らしい色合いや物ばかりの空間は、赤ちゃん特有のミルクの甘ったるい匂いで満ちていた。

赤ちゃんを抱っこしているのは速水で、彼の周りには身体が大きくてガサツな数人の男たちがいる。

男たちは派手なヒョウ柄のシャツだったり、金色の髪を立たせていたり、大きなピアスをつけていたり。若生連合の事務所にいたチンピラたちと大差ない。

にわかに恐怖を感じた。

（なんでこんなやつらがいるんだろう）

『若生連合』なる看板を掲げた事務所の中で、借金返済のために蓮を風俗に沈めるとか、内臓を売らせるとか物騒《ぶっそう》なことを言い立てて下卑《げび》た笑いを繰り返していたチンピラたちを思い出す。

怖い。すごく怖い。

蓮は軽く身を屈めて震え出す膝を手のひらで抑えると、彼らの様子をうかがった。

ヒョウ柄のシャツの男が速水の腕の中の赤ちゃんを見つめて必死にあやしている。金髪の男も一緒になってべろべろばーを繰り返す。大きなピアスの男はおろおろと「どうしたんだろう」なんて呟いている。

そんな彼らの様子は、若生連合の事務所で蓮を威嚇してきた連中とは明らかに違っていた。本当に心底赤ちゃんを心配して大切にしているらしい。

赤ちゃんがかわいくてたまらないのに、泣いている理由がわからず、どうあやしてなだめればいいのか困り果ててしまっているのがなんだかとてもいじらしい。

（赤ちゃんもみんなも可哀想だ……）

同情して手を貸してやりたくなった。

蓮はベビールームに足を踏み入れた。淡いブルーのカーペットはひどくやわらかくて、素足を優しく包み込む。

微かに擦るような足音を聞きつけたのか、速水が顔を上げる。泣き続ける赤ちゃんを抱いたまま、蓮を見つめる。

「なんだ？」

咎《とが》めるわけでもなく、ただ訊いてくるだけの声。

蓮は軽く唇を窄めてから、ゆるく首を傾《かし》げた。

「だから、なんだ？」

「……赤ちゃんが泣いてて、心配になって」

「心配？」

速水が怪訝《けげん》そうに眉間に皺《しわ》を作る。切れ長の瞳に室内照明の光が鈍《にぶ》く映り込む。

「見せてもらってもいいですか？」

「おまえ、わかるのか？」

「あんま自信はないですけど」

蓮は小さく答えて、速水に近づいた。逞しく長い腕越しに泣いている赤ちゃんを覗き込む。

ちっちゃなちっちゃな赤ちゃん——たぶん、生後半年くらいだ。丸っこくて、黒い髪がふわふわに伸びていた。

すごく可愛いのに、興奮して顔を真っ赤にして、呼吸が整えられなくなっている。手足を軽く痙攣させてもいるようだ。

間違いなくどこかが不快か、つらいのだ。

「赤ちゃん、身体熱いですか？」

蓮は速水に訊く。

速水は「少し」とだけ、短く答える。

「名前に反応はしました？」

「ずっと泣いているから反応したのかどうかわからない」

速水は縋《すが》るような目で蓮を見た。

まさかそんな表情をされるとは思わなかったから、蓮は鼓動がひくつくのを感じた。鈍く切ないような痛みが奔る。

これはなんだろう。

怖いのではない。不安なのでもない。

でも、胸の奥がずんっと重たくなる。速水がちょっと弱い顔をしただけなのに。

「名前、訊いてもいいですか？」

「赤ん坊のか？」

「はい」

「……海翔《かいと》」

ほんの僅かな躊躇《ちゅうちょ》ともいえないような間をおいてから、速水が赤ちゃんの名前を教えてくれる。

「海翔くん」

蓮はすぐに赤ちゃん――海翔に呼びかけてみる。

「海翔くん」

もう一度呼ぶ。

海翔は反応するみたいに頭を左右に振った。とても不機嫌だ。鬱陶《うっとう》しそうに何度も右耳に触れる。

「あ、これ……」

思わず呟くと、速水が更に縋るような不安そのものの目をした。

「もしかして、海翔くん、最近風邪ひいたりしました？」

「どう、だったかな」

速水は記憶を辿《たど》るみたいに双眸《そうぼう》を細める。

忙しい父親は我が子のことにあまり気づかないのかもしれない。それなら母親に聞けばいい。

どうして、母親はここにいないのだろう。赤ちゃんがこんなに泣いているのに、なぜ顔を見せないでいられるのだろう。

「あっ！」

大きなピアスをつけた男がいきなり声をあげた。

「おとどい、照子《てるこ》さんが風邪気味だって言ってた！」

「そんなこと！　なぜすぐに言わないんだっ！」

速水がピアス男を怒鳴りつけた。

「ひゃあ、すんませんすんません」

ピアス男が大声のまま身を竦める。

海翔が「うぎゃあ」と泣き声を荒げる。

「声がでかいんですよ、あんたたちは。海翔ちゃんがびっくりするでしょうが」

ヒョウ柄の男は速水を軽く睨み、ピアス男の頭を思いきり叩いた。速水は低く「すまん」と答え、ピアス男は「いてっ」と大袈裟《おおげさ》に両手で頭を押さえた。

「あの、どなたかにタオルを水に濡らしてきていただいていいですか？」

ふたりのやり取りを横目で見ながら、蓮は速水に訊く。速水は曖昧《あいまい》に頷いて、すぐ隣にいた金色の髪の男に「おまえ、濡らしてこい」と命じた。

冷たく濡れたタオルを海翔の右耳の後ろに宛《あて》がう。

速水の腕の中の海翔は一度、「ひっ」としゃっくりをしてから、ぴたりと泣き喚《わめ》くのをやめた。そればかりでなく、ほっとしたみたいに安堵の瞬きまでして、まっすぐに蓮を見つめていた。

真ん丸の目にはまだ涙がたまっていて、また不機嫌になって泣き出す可能性もないではないが、この冷たいタオルが耳の熱を奪っている間は大丈夫だろう。

「こんなに簡単に」

速水は驚いて、蓮と海翔を見比べる。切れ長の目が大きく見開かれている。

「すげぇ。あんた天才だな」

ピアス男が心底から感心したような溜め息をつく。ヒョウ柄の男も金色の髪の男も同意して何度も頷く。三人とも単純で素直だ。やはり見た目ほど怖くはない。

「すごいってことはないけど……」

「いや、すげぇよ。とんでもなくすげぇ」

「あっさり泣き止ませちゃうんだもんなぁ」

金髪の男がいくらか気の抜けた口調で、ひょいと蓮を覗き込む。鮮やかな金色が視界の端を掠めて、彼を見やった蓮に、金髪の男が照れたように肩を竦める。

蓮はどう応えていいかわからなくて、軽く笑みを作るだけにとどめた。

「なんだったんだ、いったい？」

速水の質問に、蓮は顔を戻す。海翔の耳に宛がうタオルの位置を少しだけずらし、優しく包み込み直しながら、上目使いに速水を見た。

「たぶんですけど中耳炎《ちゆうじえん》です」

「中耳炎だと？」

速水が戸惑うみたいに首を傾げた。

「軽いと思いますけど。風邪のあとに細菌が残っててなることがあるみたいなんです」

「麻倉蓮は医学部出身か？」

速水は訝《いぶか》しそうに問う。

フルネームで呼び続けられているのがなんとなく居心地が悪い。でも、やめてくれとは言えない。そんな立場ではない。

「まさか、違いますよ。経済学部です」

「それならなぜ中耳炎だとわかる？」

速水は食い入るように蓮を見据《みす》えた。怖さも鋭さもない。普通の父親の表情だった。どんな人間でもまともな感覚をもっていれば我が子は可愛い。なににも代えがたい宝物のはずだ。外では他人を威嚇するように話し、追い詰めるような行為をしていたとしても。

「……姉の子どもが同じような症状になったことがあって」

蓮は速水の家庭事情まで気にしながら、海翔の可愛らしい顔を見つめる。大きくて丸い瞳は長い睫毛に囲まれている。イベント企画のために何度も観たアニメのキャラクターみたいだ。

　海翔が蓮の着ているパジャマの袖口を握り締め、にこっと笑った。澄んだ瞳とふっくらとしたやわらかな頬。小さな手のひら。素晴らしく可愛い。

　あらゆる生き物の赤ん坊は庇護《ひご》されなければ生きていけないから、誰が見ても可愛く思えるように丸っこく愛らしいのだと聞いたことがあるが、この笑顔を見たら確かにそうだと実感できる。

　こんな顔をされたらほうっておけない。しっかりと抱き締めて、大切に守ってあげたくなる。誰の子どもであっても、どんな動物の赤ん坊であっても。

「姪っ子はたまった膿《うみ》が鼓膜を破って耳だれが出るくらいひどかったんです」

「鼓膜が破れるのか」

　速水が狼狽《うろた》えて早口になる。海翔を抱く腕に力がこもっている。中耳炎だの鼓膜が破れるだの聞いたら、確かに心配になるに違いない。

　それが普通だ。

　姪っ子のときも、いつもは豪快でさばさばしていて、夫よりも男っぽいくらいの姉が取り乱してがたがたしていた。

「海翔くんはまだそこまでひどくないみたいですから、今夜はこうやって冷やしてあげて、明日朝一番で病院に連れて行ってあげてください」

「そうしよう」

速水が慌ただしく首肯《しゅこう》する。端正な眼差しには切なくなるくらいの不安だけが張りついている。

「でも、もし鼓膜が破れたとしても、自然に再生するから大丈夫みたいです」

「そういうものなのか？」

速水の不安は消えない。

できれば少しでも父親の気持ちを楽にできればとは思うけれど、蓮は医者じゃない。姉の姿を見ていただけで、蓮が経験したわけでもない。

「少なくとも、うちの姪っ子の耳が聞こえないとか、そんなことはありません。ちゃんと病院に行けばだいじょうぶだと思います」

「そうか」

蓮の言葉に、速水はやっと強く納得の声を出した。

「麻倉蓮」

その強い流れのまま、蓮に呼びかける。

「はい」

蓮は小さく頷く。

「おまえ、ここで海翔の世話をしろ」

「はああ？」

頷いた余韻を残したまま、蓮は素《す》っ頓狂《とんきよう》過ぎる声を発していた。

この男はなにを言いだすのだ。

子どもを育てたことはもちろん、姪っ子以外に縁もない。

末っ子だから弟や妹の面倒を見たこともない。

子育てに奔走《ほんそう》する姉を手伝ったのもほんのちょっとだから、抱き方も正しいかどうか知らないし、今回はおさめることができたけれど、二度も三度も泣き喚く海翔を宥めてやる自信なんかない。

「なんで、ですか？」

蓮は混乱して震える口調で訊き返した。

「昼間は子育てに慣れた家政婦のおばさんに来てもらっているが、夜は面倒を見てくれる人間がいない。こいつらではなんでもないときなら問題ないが、いざ泣き出したりぐずり出したりしたら、もう駄目だ。パニックになって、ますます泣かせてしまう」

速水はぐるりと派手なチンピラたちを見回しながら、呆れたように笑う。

確かに彼らに小さな海翔を預けるのは不安だと思う。ガサツなのは言動を見ればわかるし、彼らのすることを真似てしまうのも困るだろう。

だからといって、子育て経験のない蓮を傍に置くのも違う。

海翔が泣きだして、パニックになってしまうのは、きっと蓮も同じだ。

「いや、そんなの俺も同じですから」

「こいつらよりは何倍もましだ。近くに子どもがいたと言うだけで充分役目を果たせる」

「そんなの無茶苦茶《むちゃくちゃ》だ」

蓮は速水に対してではなく、独り言として呟いた。思わず漏れてしまった。

速水がふっと笑う。

この人はこうやって息を抜くように笑うのが癖なのだ。深い意図はなにもなく、笑うときにはこうなる。あまり声をあげての大笑いは得意ではないのかも知れない。端正な顔立ちによく似合っている。

「どうやって麻倉蓮に借金を返してもらおうかと考えていたが、これが一番いい。監視もできるからな」

「借金って……」

蓮は驚いて、速水の顔を見据えた。視界がゆらゆらする。

「ベビーシッターをして返せ」

「だから、絶対に無理です。ていうか、俺、あなたに借金なんかしてませんけど、なんでそんな言い方」

「抱いてみろ。もう今夜からやってくれて構わん」

速水は蓮の断りや疑問など聞こえていないとばかりに、海翔を蓮の腕に抱かせようとする。蓮は素直に受け取ることはできずに海翔の丸い顔と速水の尖った端正な顔を交互に見やった。

海翔がますます強く蓮のパジャマの袖を握り締めた。一層にこにことご機嫌な顔をして、無邪気な笑い声までたてている。

「海翔がこんなに機嫌がいいからな。きっと気にいったのだろう」

「気にいるもなにも」

「麻倉蓮に任せたい」

速水はきっぱりと言い切って、蓮の腕を掴んだ。

引くどころか躱《かわ》すこともできなかった。大きな手のひらが蓮の腕を強く引っ張り、海翔に触れされる。びっくりするほど温かい。

考えてみれば、蓮はこんな月齢のころの姪っ子を抱っこしたことはなかった。

姉は抱かせようとしたけれど、あまりに小さくて頼りなくてやわらかくて、壊してしまいそうで怖かった。たまに頬に触れるのだって勇気がいった。中学生男子に赤ちゃんは本当に未知のイキモノだったのだ。

それは、いまだってたいして変わらない。赤ちゃんや子どもを可愛いと思っても、触れるのは勇気がいる。泣かれてもにっこりされても応じ方に困る。

「ほんっとに無理です、俺。赤ちゃんの世話なんか」

「俺も協力する」

蓮が言い切らないうちに速水が遮《さえぎ》る。それらしい言い訳をくっつけてノーと言い続けても、押し切るつもりでいるようだ。

もう速水は決めてしまっている。

五千万を肩代わりしてもらっているという弱い立場の蓮に拒否権など、きっとない。

「帰れない夜のほうが多いが、俺なりに最大限協力するから」

速水の迷いのない言葉に蓮がなにかを返す前に、派手な男たちがブーイングをはじめる。

みな呆れるほど声がでかい。

「ひでぇっス！　俺らにはまあったく協力しないじゃないっスかっ！」

「なにに困っても教えてくんねぇで怒るばっかだし！」

「美人に甘いですわ！　面食《めんく》いが露骨《ろこつ》すぎて引きますって！」

「ガチでひでぇ！」

特にピアス男の声がきんきんと響く。

蓮を「美人」だと言ったのは金髪の男だ。

（男に美人って、なにそれ）

蓮は引き気味に彼らのけたたましさを眺めていた。

速水は蓮の腕に完全に海翔を預けると、くるっと身体の向きを変え、ヒョウ柄の男から順番に三人の頭をひっぱたきはじめた。

金髪の男――彼はミツオという名前らしい――に、またぐずったら右耳の後ろを冷やしてあげてと伝え、蓮は速水とともにベビールームを出た。

了解せざるを得なかったベビーシッターの条件についての話があるらしい。

さっきのリビングではなく、応接間に通され、奥に座るように指示される。蓮は微かに頷いて、ソファーに腰かけた。

「早速だが」

速水は後ろ手にドアを閉めながら、いきなり話し出す。

蓮は思わず背筋を伸ばした。就職面接に来ているような気分になっている。

就職活動のときのような前向きな気持ちはかけらもないけれど、なんだか速水の言葉には理解できない部分がありすぎて、そこを説明してもらわなければ落ち着かない。

「まずは、債権の回収のほうの話の続きからだ」

速水がふっと笑う。

「はあ……」

蓮は、「まずはってなんだよ」と思いながらも力なく頷く。

「とりあえず、もう性質《たち》の悪いヤクザに借金返せと追い込まれることはない」

言いながら、速水はすっかり冷めてしまったコーヒーカップを掴む。勢いよく啜《すす》って、また口角を引っ張り上げる。でも、今度は笑みには見えなかった。

なんとも形容のしがたい不安に、蓮は瘧《おこり》のように身体を震わせた。

「……それって」

蓮はかろうじて唇を動かす。

「五千万、俺が肩代わりをする」

「へっ？」

『若生連合』には二度と追われないが、助かったなどとは思ってくれるなよ。俺にはどんな手を使ってでも返してもらう」

速水の冷酷な最後通牒《つうちょう》に、蓮は全身を硬直させた。呆然と速水を見つめる。速水の形良い唇には見るものを凍《い》てつかせる残忍な微笑が湛えられていた。

「いわゆる蛇《じゃ》の道は蛇《へび》というやつだな」

速水は嘲るように笑って、頬杖《ほおづえ》をついた。

「そして、蛇は執拗《しつよう》だ」

中指でこめかみのあたりを静かに叩き、速水が品定めするような視線を蓮に流してくる。

一気に咽喉《のど》が渇き、身体が硬直してしまう。

「そこでだ、麻倉蓮」

速水は再びコーヒーを啜って一呼吸入れた。

「さっきも言ったとおり、ベビーシッターとして働いて返してもらう」

「……は、はあ……」

蓮は虚《うつ》ろに呟く。

「どうして」があまりに多過ぎて混乱し、速水の残忍さにも動揺して、見合う返事がなにも浮かばなかった。

「勤務時間は、家政婦が帰った午後五時からやって来る翌朝の午前八時まで。もちろん仮眠も休憩もとっていい。十五時間も不眠不休で働けなんてブラックなことは言わない。ただ、基本的に休日はなしだ」

「え……」

一日の半分以上赤ちゃんにくっついていて、神経を使う上に休みがもらえないのか。五千万もの返済をしなければならないのだから、休みたいなんて贅沢なのかもしれないが、それでは身体がもたない。

十五時間勤務で通勤時間を考えたら、部屋に帰って横になっても疲れなどとれっこない。

なんという最悪な待遇《たいぐう》。

混乱と動揺に、あり得ないという思いが纏《まと》わりつく。

「日給は一万出すが、借金返済分は天引きにする」

既にげっそりしている蓮に速水が追い打ちをかけてくる。ソファーに腰かけることなく、蓮との距離を保ったまま腕を組む。

「こっちも慈善事業じゃないからな。無理に回収するが、おまえに渡すのは月に五万」

「ご、五万？」

蓮は全身の力が抜けていくのを感じた。

月三十日として、日給一万なら三十万。でももらえる給料は五万。毎月二十五万も返済することになるのか。

利子を含まない単純計算で二百ヶ月、十六年と八ヵ月。その間、結婚は疎《おろ》か恋愛もする余裕はない。

解放されるとき、蓮はほぼ四十歳だ。

(俺が作った借金じゃないのに。今回の場合、俺のミスは他人を信用し過ぎたことだけじゃないか)

それなのに、なんだってこんなひどい労働条件を出されねばならないのだろう。

などと思い煩《わずら》う以前に、月五万では家賃も払えない。いまのアパートは月に六万七千円だ。僅かばかりの貯金を切り崩しても生活できるのは三、四ヶ月がいいところだろう。半年は到底持つまい。仕事を終えて休む場所がなくなる。ホームレスベビーシッターだなんて、考えるだけで眩暈《めまい》がする。

冗談じゃない。まったくふざけた話だ。

「……そんな金額じゃ、家賃」

蓮は思った通りに口にした。

「家賃？」

速水は意外なことを聞いたとばかりに両目を見開く。

「いくらだ？」

「六万七千円」

「ふうん」

速水は適当に頷くと、蓮の正面に腰を下ろした。身を乗り出すように両膝に肘を置いて長い指を組み合わせる。

「それは払えないいな」

「……はい」

近づいた速水の整った顔から逃げて、蓮は背もたれに仰《の》け反《ぞ》るような体勢になった。威圧的でむちゃくちゃなことを突き付けてくるけれど、速水が美しい男なのは間違いがない。同性であっても近づかれたら、ちょっとどきどきする。

（男が恋愛対象になったことなんかないけど。それとはまた別だよな）

蓮は乾いていた唇を軽く舐めつつ、速水から微かに顔を背けた。

「だったら、この家で暮らせばいい」

「え、ええっ！」

蓮は飛び上らんばかりにして身体を起こした。悠然と蓮を眺めている速水を見つめ返す。

「こ、ここで？」

「そんなに驚くことはないだろう。勤務時間が終わってすぐ休めるし、三食もつく」

「三食って」

「家政婦の照子さんの作る食事はなかなかうまい。栄養も考えてある。どうせコンビニやら牛丼屋やら居酒屋あたりで食《く》ってばかりだろ？」

速水はまたもやふふっと笑った。組み合わせた指先が小刻みに動く。

「そんな食生活だからひょろひょろなんだ。照子さんの飯《めし》を食って、うちでしっかり働け。衣食住ついた上での五万なんぞ、多額債務者にはありがたい話じゃないか」

速水皓一郎は、美しい顔をした酷薄な悪魔だ。

蓮が全責任を負わねばならないのか。五千万を本当に借りた人間は逃げ得か。

理不尽すぎる。

「それに、ここにいてくれれば、こっちも逃げないように監視する手間が省《はぶ》ける」

「……監視」

蓮は掠れ切った声で、訊き返すつもりもなく呟く。

「アパートに帰る振りで逃げられてはたまらんからな。五千万完済するまではきっちり働いてもらう」

速水は低く重たく言い切る。完全な死刑宣告だ。

蓮はがっくりと頭を抱え込んだ。悪魔が死神に変わったと思った。


ベビールームの隣が蓮の部屋ということになり、とりあえず布団と目覚まし時計だけ用意された。目の前にはヒョウ柄の男――こちらは布団を持ってきてくれたときにエイスケだと名乗ってくれた――の部屋がある。たぶん彼が監視役なのだ。

蓮のアパートにある荷物は整理し、本当に必要なものだけをこの屋敷に運び込むことになっている。エイスケとミツオが一緒に片付けに来るらしい。

ちなみにピアス男はショウタだとエイスケが教えてくれた。

「なんなんだ、ほんとに」

ふかふかの敷き布団に真っ白なシーツをかけながら、蓮は黄色っぽい照明を見上げる。雪洞《ぼんぼり》のような丸みのあるデザインで、ぶら下がった白い紐が頼りなく揺れていた。

「めちゃくちゃ過ぎて、わけわかんないよ」

蓮は力なく呟いて、まだ綺麗に広がっていないシーツの上に倒れ込んだ。もういろいろ動いて整えるのが面倒くさい。

胎児みたいに身体を丸めて膝を抱え込んだとき、襖を軽く叩かれた。

「……はい」

蓮は膝を抱えていた手を外し、襖のほうを見やった。

「アパートの片付けにすぐに行けるわけではないだろうから、その間、パジャマやスーツってわけにはいかないだろう」

開かない襖の向こうから聞こえてきたのは、案の定、速水の声だった。

蓮は身体を起こして襖ににじり寄って行く。速水の声は低過ぎて、遮るものがあると聴こえにくかった。

「とりあえず着替えを見繕《みつくろ》った。多少派手なのもあるが、まあ問題はないはずだ。適当に好きなのを着ればいい」

蓮は速水の言葉の途中で襖を少し開けた。

大きな紙袋をぶら下げた速水が立っていた。畳に膝をついた状態だから、速水が異様に大きく見える。蓮が顔を上げると、いかにも驚いたように速水が動きを止めた。切れ長の瞳が眩しそうに瞬く。まだ雨に濡れたワイシャツにスーツのズボン姿だった。

「えっと……」

襖を開けたのだからわかっていたことなのに、目が合ってしまって、蓮はしどろもどろになった。さっき応接間で速水の整った顔を近くで見たときのどきどきが甦《よみがえ》ってきて、慌てしまう自分がうまく取り繕えない。

速水が口角をゆるく引き上げた。

「わざわざ開けなくてもいい。律儀な男だな」

「……はぁ」

「この分ならしっかり返済してもらえそうだ。安心した」

そう言って、速水は紙袋を蓮の膝の近くに置いた。黒っぽいブティックの紙袋いっぱいに服が入っている。一番上は洒落た書体のロゴが入ったネイビーブルーのTシャツだった。

「若生の連中には鼻で笑われたが、俺は自分の判断は間違っていなかったと思っている」

速水は悪寒さえ覚えるほどの美しい笑みを浮かべて、じいっと蓮を凝視していた。


午前七時。

目覚ましより早く瞼を開き、見慣れない天井の下にいることで、昨日のすべてが夢や幻ではないのだと思い知る。「どっきりだよ！」って誰かが笑ってくれたらいいのに。

蓮はぼんやりと雪洞《ぼんぼり》みたいな室内照明を見上げて、みっつ立て続けに溜め息をついた。

現実は確かにここにあって、その程度では消えるどころか揺らぎもしない。五千万の借金を背負って、この屋敷でベビーシッターをしなければいけないのは、もう変更の効かないことだ。

もうひとつ溜め息をつこうとしたら、隣の部屋で海翔が泣き出した。「海翔ちゃ〜ん」と呼びながらエイスケが廊下を走っていく足音がする。

もう起きているのか。泣き声で起きたのか。

(俺も起きなきゃ)

朝からの通いの家政婦のおばさんに紹介してもらうことになっている。寝起きのだらしない姿で顔を合わせるのは心証が良くないだろう。この屋敷で働かねばならない以上、家政婦は立派な同僚だ。

(エイスケさんたちも同僚ってことになるのかな)

勢いをつけて身体を起こし、ふと考える。チンピラ三人衆も住み込みでいろいろ仕事をしているらしい。

(よくわかんないけど、同僚だって思ったほうがいいんだよな)

あまり得意な種類の人間たちではないが、いまの蓮にはなにも選ぶ権利はない。とんでもなく弱い立場だ。

それでも、法律事務所とかに駆け込めば、状況は多少なりとも改善するのだろうか。いくら騙されたと言い張っても、社長や専務が戻らない限り証拠はない。自筆でサインして押印もしてある書類がある以上、結局は同じことになるような気もする。

もっとも、監視がつく生活がはじまるのでは、どこかに逃げ込んで助けを求めるなど、到底できないだろう。

「あ～～あ……」

次の溜め息には声がくっついていた。

自分のあまりにも情けない声を聞いたら、開き直りみたいなやる気が湧いてきた。やけくそというものは確かにある。

蓮は布団から起き上がり、速水が置いていった紙袋を抱えてひっくり返した。中からばさばさとシャツやパンツが落ちた。速水が言った通り、派手な柄のものもあるが、着るのを躊躇《ちゅうちょ》するほどでもなかった。好みじゃないとか偉《えら》そうなことを言っている場合ではないのだ。

とりあえず、昨夜見たときに一番上にあったネイビーブルーのTシャツにジーパンを合わせた。どちらもひとまわりはサイズが大きい。袖口と裾をひとつ折る。それでも袖は手のひらを半分くらい隠してしまう。

百七十五センチある蓮は特に小柄ではないけれど、このTシャツをかつて着ていた誰かは更に背が高い。手足が長くスタイルの良い百八十五センチ以上というところか。

蓮はさっと手櫛《てぐし》で髪を撫でつけ、廊下に出た。顔を洗いたいと思った。できれば歯も磨きたい。

「あ～～おはようございますぅ」

不意に背後から声がかけられた。

（この声は、ショウタさんだな）

昨夜の記憶と照らし合わせてから振り返る。短剣風の長い飾りが右耳だけで揺れている。左耳は耳朶にぴったりとした多角形のジルコニアだ。てろてろした布地のシャツには幅の広いストライプ柄が入っている。

「ちゃんと寝られたッスか？」

当たり前のように蓮に並びながら、ショウタが屈託《くったく》なく笑う。

「どうですかね」

「なんッスか、そのおかしな返事」

「寝られたような寝られていないような」

蓮がぼやっとした返事をすると、ショウタが露骨《ろこつ》に唇を尖らせた。

「枕変わると駄目な人ッスか？」

「そんな神経質じゃないはずなんだけど」

「いや、繊細そうッスよ。麻倉さん」

ショウタが大きく数回頭を左右に振る。

繊細そうだなんてはじめて言われた。外見だけなら少々女性的かもしれないと、自分でも思うことがあるけれど、ずっとなにかしらのスポーツをしていたから、周囲からは体育会系分類ばかりされていた。

「俺、繊細なんかじゃないですよ」

蓮は手のひらを隠すように落ちてきた袖口をもうひとつ折って、曖昧《あいまい》に笑ってみた。

「えっ、そうッスかね」

「うん」

「そうかなぁ～～ものすごく繊細な美人って感じなんだけどなぁ」

なぜかショウタの口調は不満そうだ。彼のイメージを蓮が認めなかったのがおもしろくないのか。

「あと、美人っていうのも違うかな」

蓮は続けて否定した。ミツオもショウタも、さも普通のことみたいに男である蓮を「美人」と形容してくるけれど、こういうのはすごく居心地が悪い。大学時代に頭の軽そうな女子大生たちに「イケメン」と連呼されて辟易《へきえき》したのを思い出す。

「違いませんよ」

「美人は女性のことだろ」

「『人』って漢字使ってるんだから、どっちでもいいんじゃないッスかねぇ」

ショウタは暢気《のんき》そうに言って、頭の後ろで手を組んだ。

「とりあえずさ、朝倉さん。ここでの暮らしはそんなに悪くねぇッスよ。速水さんはちょい口うるさいし、照子さんにはこき使われるけど。あの人のメシ美味《うま》いから、まあいっかなあって」

「メシ……」

昨夜、速水も褒めていた。照子さんとやらの料理はどれほどのものなのだろう。

そう思ったら、急激に空腹を覚えた。昨日、出社前にトーストを一枚食べたきり、なにも胃袋に入れていない。食事がしたいと考える暇《ひま》もない目まぐるしい一日だった。

ぐるるるるっと、いままで聞いたことがないくらいのボリュームで腹が鳴った。

「あれ、腹減ってんスね」

「みたいですね」

「この時間ならもうなんかできてるかもしんねぇッスよ」

ショウタが蓮の腕を掴んで、早足で歩き出した。驚きつつもショウタに引っ張られて行くと、だしのきいた味噌汁のやわらかい香りがする。

「ほら、やっぱ照子さん来てる」

嬉しそうにショウタがリビングを覗く。蓮も真似て見てみる。

いわゆる上座に速水が坐り、難しい顔をして朝刊を読んでいる。右手の奥に造り付けたばかりのような木目の新しいカウンターがあって、その奥に小柄な女性がいた。清潔にまとめられた髪には白いものが多いが、皺のある顔を誤魔化さない上品な化粧や鈍《にぶ》い小豆色《あずきいろ》の単に割烹着《かっぽうぎ》を着た背筋がぴんしゃんとしていて若々しい。

いまどき家の中で和服姿でいるのは珍しい。それも着慣れているから、更に珍しさに拍車をかける。

昨夜から幾度となく名前が出ている家政婦の照子だろうか。

「旦那さま、もう新聞は終わり。お食事です。ながらご飯は消化の敵ですからね」

速水の前に皿や椀を手際《てぎわ》よく並べて、家政婦は朝刊を奪い取る。速水は「はいはい」と苦笑いして椅子の位置を直した。

その視線の端っこが、リビングを覗いている蓮とショウタに引っかかった。

「そんなところで見てないで席に着け」

にこりともせずに言うと、速水はふたりを手招きする。ショウタはあっさりとした足取りでリビングに入って行き、テーブルの角を挟んで右側の椅子に座った。

速水とショウタ、そして速水の傍らでお盆と新聞を抱えて立ったままの家政婦が揃って、廊下に取り残された蓮を見ている。

「なにをしている。おまえもだ」

速水は左側のテーブルを叩く。

「そーですよぉ、麻倉さぁん。腹減っててんでしょ」

ショウタがあっけらかんと手を振る。

「麻倉蓮さん？」

家政婦が凛とした声で訊いてきた。たぶん還暦は充分に過ぎているだろうに、実によく通る。

「はい、そうです。麻倉です」

蓮は肩を竦めるようにして頭を下げる。

「エイスケさんやミツオさんがおっしゃっていましたけど、ほんとにお綺麗ですこと。俳優さんみたいですねぇ」

「でしょでしょ」

ショウタがぶんぶんと手を振り回す。すぐに速水が「行儀が悪い」と窘める。ショウタはぺろっと舌を出して手を下ろした。

「実はこっそりモデルさんですとか？」

「いえ、とんでもない。全然普通のサラリーマンです」

「どう見ても普通だろう。俳優やモデルはそんなレベルじゃない」

速水がひどく面白くなさそうに言って、照子が抱えている新聞を取り返す。蓮は速水の不機嫌な口調が怖くなって俯く。視界に入った脚の親指の爪が伸びていると、いまこの場には相応《ふさわ》しくないどうでもいいことが不意に気になってしまった。

「またまたぁ、速水さんだって美人だから気にいったくせにぃ」

「くだらんことを言うな」

　ショウタのからかうような口調を受けて、速水の声に一層不機嫌さが増した。苛立《いらだ》たしげに新聞をめくるがさつきが聞こえてくる。

　五千万の借金の形として手元に置くことに決めたに過ぎない。蓮に対する情などないのだから、ショウタの言い方は気に食わなくて当たり前だろう。

「わたくしは藤沢《ふじさわ》照子と申します。こちらで家事一切を取り仕切らせていただいております」

　やはり、噂の「照子さん」だ。

　蓮が顔を上げると、照子は穏やかに微笑んで、深々とお辞儀《じぎ》を返してくる。着慣れた感じの和服同様、上品な仕草だった。

「旦那さまがぼっちゃまと呼ばれていらしたときからですから、もう三十年になりますか」

「ぼっ、ちゃま？」

　速水の容姿に不釣り合いな呼称《こしょう》に、蓮はびっくりした。速水が不機嫌と照れくささを混在させたような仏頂面《ぶっちょうづら》で照子の袖を叩く。

「そういう古い話はいらないから」

「あの頃、旦那さまは可愛くていらっしゃいましたねぇ」

「照子さん」

速水ははっきりと照れを前面に出した。

「もやしっこでしたものねぇ。まさか、こんなに背が高くなられるとは思いませんでした」

照子はまったく動じることもなく淡々と続ける。目の前の逞しい男も、彼女には可愛らしかった坊ちゃまに見えているに違いない。幾つになっても我が子を子どもに見る母親みたいなものだ。

「立派になってくださって、照子は喜んでおりますのよ。ぼっちゃま」

照子はいたずらっぽく口元を押さえた。なんともいえない可愛らしい笑みが浮かんでいる。

速水が降参とばかりに手をあげた。

「もういい。本当にやめてくれ、照子さん」

「よろしゅうございます」

照子のにやにやした笑みは止まらない。

「……それで、麻倉蓮の分も朝食は準備できているのか」

「わたくしを見くびっていただいては困ります。ひとり増えるくらいどうということはありません。ただでさえ入れ替わり立ち替わり人が来る家なんですから」

速水の質問に照子が胸を張る。小柄なのに妙に威厳があって大きく見える。肩幅が広くて長身の速水のほうが小さく思えるくらいだ。たぶん精神的な上下関係がそこに存在しているのだろう。

「さわらの西京焼きと小松菜と油揚げの煮びたし、かぶと三つ葉の味噌汁。ご飯は白米と五穀米《ごこくまい》」

照子は速水の前に並べられた朝食の献立をひとつひとつ指差していく。どれも実家にいた頃なら食べたことはあるが、ひとり暮らしをはじめて以降、ほとんど縁がなくなってしまった家庭の味だった。

「麻倉さんは白米と五穀米、どちらがよろしいですか？」

「え、えっと……」

「俺は白米！」

ショウタが横から声をあげて割り込んだ。照子がちらっとショウタを見やる。

「ショウタさんは自分でよそってくださいな」

「うわ。照子さん、つめてぇ」

「どこになにがあるか、ちゃんとご存じでしょう？　麻倉さんだって慣れたらご自分でやっていただくんですよ」

照子はきっぱりと言い切って、キッチンに戻った。

朝食を終えると、門の前で待機していた黒いベントレーに乗って速水とエイスケは出勤して行った。少し遅れてショウタがバイクで出かける。

広い屋敷には蓮とミツオと照子、そして海翔だけ。

朝食の片づけが済んだら照子は海翔を小児科に連れて行くことになっているらしい。

「俺もついて行っていいですか？」

キャスターのついた折り畳み式のベッドで眠る海翔のまろやかな頬を見つめつつ、蓮は丁寧に食器を洗う照子に声をかけた。

「小児科にでございますか？」

「俺が見ているときに海翔くんが具合悪くなることもあるだろうし」

「真面目でいらっしゃるんですねぇ」

照子は感心しているのか呆れているのかさえわからない平坦《へいたん》な口調で言いながら水道を止める。水の音がしなくなって、蓮は照子のほうを見やった。割烹着を脱ぐ背中に妙な威厳を感じる。

「夜ずっと起きているんでしょうに、だいじょうぶなんですか」

「午後に二、三時間寝られれば充分です。それに、俺、照子さんから海翔くんのことも聞きたいから」

蓮は視線を海翔に戻す。ふっくらした唇の左右に小さな凹《へこ》みがある。笑ったらもっとくっきり出るのだろう。昨夜笑っているときには気づかなかった。甘ったるいミルクの匂いがふんわりと漂っている。

可愛いと改めて思う。

きっかけは多額の借金返済のためとはいえ、やらざるを得ないのなら、ちゃんと好きになって大切に守ってやりたい。抱き締めて、優しく撫でてあげたい。

こんな小さくて壊れそうなイキモノなのだから。

そのためには海翔のかかりつけの医院や最低限の乳児の生態《せいたい》について頭に入れておきたい。小児科の医者に顔を知ってもらっておくのも大事だし、育児書のようなものも読んだほうがいいだろう。わからないことは経験者に聞きまくる。

新入社員のときと同じだ。仕事の内容が変わるだけ。

(海翔くん、俺、頑張ってみるからね。借金返済のためだけど、君を可愛いって思っているから)

蓮は思わず海翔の頬に指先で触れてみる。ひゃんと可愛らしい声がして、海翔が長い睫毛に縁取られた瞼を開いた。きらきらした瞳がすぐに蓮を見つけて、にっこりと笑う。唇の脇のえくぼが濃くなる。

頬から離そうとした指先を海翔が掴んだ。ぎゅうっと握り締めてくる。赤ちゃんの力ってこんなに強いのかと、改めて驚いてしまう。昨夜、袖口を掴まれたときも結構な力だとは思ったけれど、直接指に感じるものはより強く思えた。

　握り締めた蓮の指先を振るようにして、海翔がきゃっきゃっと笑いだす。

「あらまあ、海翔さんは麻倉さんがお気に入りなんですのねぇ」

「はい？」

　音もなく歩み寄って来た照子が今度ははっきりと感心して、蓮と海翔を覗き込む。

「海翔さんも面食《めんく》いなんですかしらね」

「面食い、って」

　蓮はたじろいで、照子から顔を背けた。海翔に握り締められた指を見つめる。

「海翔さんは人見知りがはじまって、慣れていない人の前では緊張するようになりましたから。会ったばかりの方にこんなふうにはしゃぐなんて、わたくし驚いておりますわ」

　照子がなぜかひどく楽しそうに笑う。

「旦那さまがなんの紹介もない人を屋敷に連れて来るのもはじめてでございますよ」

「え、そうなんですか」

　蓮は少し驚いた。速水自身とは毛色のまるで違うエイスケたちが住み込んで、自由気ままにしているくらいだから来るもの拒《こば》まずなのかと思っていた。

「ある程度相手を信頼しないと、距離を縮めたりなさらない方ですから。ハリネズミみたいなんですよ、旦那さまは」

「ハリネズミ？」

「すぐに針を出して人を威嚇《いかく》するものだから、ショウタさんがそう呼びだして、みんなで納得して大笑いしましたの」

　これは言い得て妙《みょう》だ。速水をよく知らない蓮でも納得ができる。優しい言動の直後に速水は蓮を傷つけるような物言いをした。厳しい条件のあとにやわらかい話をしたり、そうかと思えば恐ろしい言葉ばかり並べて驚かせたり。

　速水と向き合っていたのは二時間ほどだったが、どれだけ表情を変える羽目《はめ》になったかわからない。ある意味動揺させられっぱなしだった。

（ハリネズミか……）

　蓮はなんとなく数回頷《うなず》いてしまった。


　海翔はやはり軽い中耳炎で、抗菌薬と鎮痛薬を処方してもらった。

「麻倉さん、すげぇですね」

　バックミラー越しに蓮を見やりながら、ミツオが感嘆の声をあげる。小回りの利く赤いオーリスが自家用車になっていて、基本的にミツオが運転手役を務めているらしい。

「どうして？」

　蓮はバックミラーの中のミツオを見返す。ちょっとだけ目が合って、ミツオが楽しそうに笑った。

「海翔ちゃんが中耳炎だって、すぐにわかったでしょ？　昨夜みんなしてパニックになってたのに」

「たまたまだよ」

「それにしたってさ、大したもんですよ。だから速水さんもベビーシッターを頼もうって思ったんでしょ」

「もうこんなことは二度とないよ」

蓮はチャイルドシートに埋まって眠る海翔に視線を戻した。

安心しきってやわらかく寝息をたてる海翔は本当に可愛い。どんな夢を見ているのか、ときどき小さな唇がむにゅむにゅと動く。そのたびにミルクの匂いが濃くなって、ますます守ってやらなきゃという気持ちになる。

（男にも母性本能みたいなのあるのかな）

蓮は海翔の布団を直してやりながら、ふっと車窓に目をやる。

忙しそうに行き交うスーツ姿の男性たちや明らかに会社の制服だとわかる女性たち。私服姿の人々も大半は、自分自身でなくとも家族の誰かがどこかに所属して賃金を得て生活をしている。

当たり前のことだ。

蓮もおとといまではそのひとりだった。

(昨日で途切れちゃったけど)

自虐《じぎゃく》気味に微かな溜め息をついて、窓に頭を寄せる。

五千万もの金額を返済しきって、またあの流れに戻ることはできるのだろうか。一度逸《そ》れてしまったら、どんどん違う方向へ流れていくばかりで戻せないのではなかろうか。

もう二度と。

それは絶望的な予感というより破壊的な答えだ。

あの屋敷で今朝目覚めて、どうしようもなく確信してはいる。

「麻倉さん、あまり溜め息はよろしくありませんよ」

「え？」

無意識のうちに溜め息をついていたらしい。

顔を上げると、海翔のチャイルドシートを挟んで並んで座っていた照子が横目で蓮を見ていた。

「お若くてお綺麗なんですから、どんなところからでもやり直しはききますよ」

「照子さん……？」

この人は、待遇《たいぐう》が良いとは言えないベビーシッターに甘んじねばならない理由を含めて、蓮の状況を速水から聞いているのだろう。優しい説明ではなかったはずだ。卑下《ひげ》するに近いものだったかもしれない。

「いまはとにかく頑張るしかありませんよ。負けてはいけません」

照子は海翔を窺いながら、ついでのように蓮の様子を見ている。特別優しくはないけれど冷たくもなかった。それでも、今朝会ったばかりの他人に近い存在に向けるものとしては穏《おだ》やかなものだ。

「頑張れば道が開けるものなんです。頑張らない人の前にはなにも起こりません」

「出た。照子さんの理想主義」

右にウインカーを出して、ミツオがけらけらと笑う。

「頑張らないミツオさんにはこんな話をしたことはありませんよ、わたくし」

「うはっ、手厳しいの」

「ミツオさんも頑張ってください。旦那さまに高校認定取れって何年言われ続けてるんですか」

「だって、勉強わっかんねぇも～ん。俺馬鹿なんだも～ん」

ミツオは呆れるほどあっけらかんと言い放つ。照子は呆れたように肩を窄《すぼ》める。

蓮は会話に入っていいのかわからないまま、流れ過ぎて行く車窓にまた視線を流した。

信号が青から黄色に変わり、人々の足取りが早くなる。赤になれば車が止まる。ミツオのブレーキの踏み方は結構乱暴だ。

蓮はつんのめりそうになって、アームレストを掴んで堪《こら》えた。

オーリスが停車したすぐ横に大手のレンタルＤＶＤショップと併設になった書店の看板が見えた。

（あ、そうだ。育児書）

蓮は膝を叩いて、背筋を伸ばした。身体ごと照子のほうを向く。

「どうなさったんです？　麻倉さん？」

驚いて、照子が目を見開く。

「照子さん！　お給料が入ったら返します。俺にお金貸してください」

海翔のベッドの近くに小さな折り畳みテーブルを据えて育児書を捲《めく》る。

テーブルに積んであるのは、小児科から速水家までの帰路で、照子にお金を借りて買った『はじめての育児』的なハウツーものが二冊と月刊誌のムック一冊。そして、一旦帰宅した照子が「娘が子どもを産んだときに買ったものだ」と言って持ってきてくれた分厚い育児書。

書いてあることは大差ないが、ポイントごとにまとめてノートに抜き書きをしていた。

その育児のお勉強はもうすぐ四時間になる。

海翔はあまり手のかからない赤ちゃんで、少なくとも昼間は泣くのも空腹、おしめが濡れたときくらいだった。でも、夜はどうなるかわからない。特にいまは中耳炎にかかっているから、痛みや不快感でぐずる可能性はあるし、それ以外の不測の事態だって充分にあり得る。

ないかもしれないが、あるかもしれない。

育児書は、それに備える転ばぬ先の杖みたいなものだ。

(片っ端から頭に入れても、実際のときに役に立つかはわかんないんだよなぁ)

蓮は海翔の月齢である六ヶ月のページを開いて両手で目のあたりに掲げながら、ごろんと寝転がった。三段組の小さな活字が伝えてくる情報にはあまりリアリティがない。まだ海翔にたくさん接していなくて、特に異常もないからか。

添えられた写真やイラストが可愛いなと思うくらいだ。

「まあ、海翔くんのが可愛いけどね」

ごく自然にそう思ってしまう自分に驚いて、蓮は本を閉ざした。カラフルなイラストのついた表紙を抱え込み、天井を見据える。

黄色くて丸い光が視界を刺す。活字を見過ぎたのか、少し目に沁みる。こんなに本気で勉強をしたのは受験生の頃以来だ。頑張っても三流の下のほうの大学にしかひっかからないレベルの脳みそだったけれど、蓮は蓮なりに必死だった。

(今回も結構必死だよな。俺)

たぶん、それは借金返済だけのせいではない。

蓮は寝転がったまま、身体を仰《の》け反らせるようにしてベビーベッドを見やった。白と淡いブルーに包まれた海翔が静かに眠っている。ぐずる様子はない。

この子は本当に可愛い。ぎゅっと握り締めてきた力の強さや温かさがひどく愛おしく思える。

昨夜会ったばかりの赤ちゃんなのに。

（守ってあげたいよね、やっぱさ）

蓮は育児書を放り投げ、ひょいと身体を起こしてベッドの中の海翔を覗き込む。ふっくらした頬と口角がちょっと上がり気味の唇の横のえくぼ。ふわふわした髪の毛。ミルクの匂い。

もうそれだけで、ぎゅっとしたくなる。姪っ子のときにはなかった庇護《ひご》の感情が湧き上がってくるのが不思議だった。

姪っ子には両親が揃っていて、両方の祖父母もいた。だが、海翔にはなぜか父親しかおらず、その父親は多忙で不在が多いらしい。母親がどうしているのかもいまだにわからない。祖父母の姿もなくて、血の繋がらない家政婦や子育ての経験などない若者が代わる代わる面倒を見ている。

それが海翔の生育《せいいく》にどんな影響を及ぼすのかは見当もつかないが、手放しでほめられる環境ではないことくらい、経験などなくてもわかる。

速水は海翔が不憫《ふびん》ではないのだろうか。

（いまは理解できていなくても、幼稚園とか学校とか行くようになったら自分ちが変わっていくるって気づくよね。そのときに傷ついたりぐれたりしないかな）

蓮はベビーベッドの柵に両肘を掛けるようにして、すやすやと眠る海翔をうっとりと見つめる。甘ったるい匂いにほっとする。

（ほっぺ触りたいなぁ。起こしちゃうから出来ないけど）

蓮は自然にほころんでしまう唇を押さえられなかった。

昨日まで赤ちゃんを見て、こんな気持ちになるなんて。

父親になるのはそんなに近い未来ではないと思っていた。なにしろ彼女もいない。彼女やら奥さんやらをすっ飛ばして、赤ちゃんだけ世話をするような展開は予想外過ぎる。あまりにも奇天烈《きてれつ》だ。

蓮が海翔を覗き込んだとき、玄関が開く音がした。密《ひそ》やかに静かにと気を遣ってはいるが、静寂に包まれた屋敷内に反響するみたいに大きく響いた。

（速水さん、帰って来た）

蓮は目覚まし時計を見る。

午前二時二十一分。

夜はあまりいられないと言ってはいたが、随分と遅い帰宅だ。

いったいどんな仕事をしているのだろう。

屋敷は古さ的に代々の持ち物だとしても、相続の際に結構な税金が発生しているはずで、それを払ってなお維持できるということはそれなり以上の収入があるのだ。送迎の車もベントレーだった。二千万は下らない高級車である。

それにプラス、自家用車にオーリスを置いてある。

人は普通、収入ぎりぎりの車など購入しない。それも二台持ちなどあり得ない。

(五千万の肩代わりだってできるよなぁ)

蓮は軽く唇を尖らせ、ベビーベッドから離れた。

襖《ふすま》を開き、玄関のほうを見やる。

薄明るい灯りの中で、速水がコートを脱いでいる。広い肩をしんどそうに上下させて首を回す。端正な横顔に疲労の影が張り付いているように見えた。

(忙しいんだろうな)

高給取りが楽な仕事をしているわけがない。朝出て行って、こんな時間まで働いているのだとしたら余計だ。

「おかえりなさい」と言うべきか否《いな》か。

ほんの数分迷っているうちに、速水は靴を脱ぎ、コートを腕にかけながら廊下を歩いてきた。

俯き加減だった速水の視線がふわりと上がった。蓮を認め、ふっと笑う。いつもの表情だった。

「起きていたのか」

低く抑えた静かな声で速水が訊いてくる。

「寝ていたら海翔くんの世話ができません」

「その通りだな」

速水が肩を竦《すく》めるように揺らした。ついでのように首を回す。肩が凝っているのだろうか。

「肩、凝りですか？」

「少しな」

「揉みましょうか？」

蓮は廊下に出た。速水に三歩近づく。

速水が驚いたように脚を止める。結構つらそうに見えて、つい言ってしまったけれど、差し出がましかったかもしれない。

「得意なのか？」

速水は静かな口調を保ったまま、強い視線で蓮を見つめる。目元に濃い影が落ちて、面

差しがますます形よく感じられる。本当に整った顔立ちなのだ。

「得意というわけではないですけど、父の肩を揉まされてたから」

「そうか」

速水が両目を穏やかに細めて笑んだ。柔和《にゅうわ》で、いつもの力を抜く笑い方とは違う。綺麗な笑顔だと思った。

「必要なかったら、すみません」

「いや、頼む」

蓮の言葉に速水の声が重なる。

「はい？」

自分から言い出したくせに、速水に了解されるとびっくりしてしまう。適当に流されるだろうと頭のどこかで決め込んでもいたのだ。

「なぜ驚く？　麻倉蓮自身がやると言ったんだぞ」

速水は相変わらず蓮をフルネームで呼び、呆れたように乾いた声を立てて小さく笑った。蓮は咄嗟に「すみません」と頭を下げた。速水の微かな笑い声はまだ続いている。

そんなに可笑しかっただろうか。

「ついうっかり言ってしまったのなら無理に揉んでくれなくてもいい」

「いえっ！」

蓮はぶるんと思いきり頭を横に振った。

「やりますっ！　俺ほんとに肩揉み得意ですからっ！」

「そうか。それは助か……」

速水の語尾を押し潰すように、「うぎゃああっ」と泣き声が響いた。

「うわっ、海翔くん！」

慌てて、蓮はベビールームに駆け戻る。ばたばたとした足音で海翔の泣き声が更に大きくなる。

「麻倉蓮の声に驚いたんだろう。気をつけてくれ」

速水が溜め息交じりに呟《つぶや》くのが聞こえて、蓮は自分の思慮《しりょ》のなさがいやになった。そういえば、帰宅してから速水はずっと声を抑えて喋っていた。静寂に包まれた深更《しんこう》の屋敷の中で人の声は普通より大きく聞こえる。

そんなことは常識でわかるはずなのに。

(俺ってば、まったくもうっ)

胸の中で自分をきつく叱責《しっせき》して、蓮はベビーベッドに飛びつく。ふっくらした顔をくしゃくしゃにして泣き続ける海翔に手を伸ばした。

「海翔くん、ごめんね。びっくりしちゃったよね」

そうっと話しかけながら、首とお尻の下に手を差し入れ、しっかりと支えて抱き上げる。

海翔の小さな身体を縦にして胸元に抱える。首を支えていた手をずらし、肘で壊れそうに頼りない頭を固定して、海翔を引き寄せた。

昼間、照子から聞いた赤ちゃんの抱き方だ。まだ上手とはいえないと思うが、海翔が不安定にふらつくようなことはない。

まだ泣いている海翔の顔をじっと見つめ、左右にゆったりと揺らして「海翔くん」とまた呼びかける。

海翔の泣き声は「うぎゃああ」が「ひゃくっ」になって、やがて収まっていく。でも、まだ顔はくちゃくちゃで、しゃくりあげるような声が漏れている。

「海翔くーん」

蓮は優しく呼びかけて、左右に揺らし続ける。海翔の声が少しずつ小さくなる。

（よかった……泣き止んだ）

安堵の息を漏らしそうになるのをぐっと堪えて、蓮は海翔を見つめる。くしゃくしゃの顔がいつものふっくらした形に戻っていく。

「結構さまになっている」

静かさを保った声に振り返ると、襖に手をかけた状態で速水が立ち止まっていた。ベビールームに入って来る様子はない。

「抱き方、照子さんに教わったんです。危なっかしいって何度も言われましたよ」

蓮は海翔を揺らしながら、速水に向き直る。速水がふっと、いつもの笑いを漏らした。柔和な笑みも笑い声を立てるのも悪くはないが、こちらのほうが速水らしい。なんとなくしっくりと落ち着く。

「俺はもう寝るから、泣かせないように頼む」

速水は部屋には脚を踏み入れようとはせず、踵《きびす》を返した。足音を忍ばせて廊下を歩き去って行く。

（海翔くんにただいまも言わないんだな）

蓮は軽く唇を尖らせ、素《そ》っ気《け》ない速水の足音が階段を上がるのを聞いていた。

朝、照子に海翔のお守りをバトンタッチして、蓮は育児書を一冊と包まっていた毛布を抱えて隣の部屋に戻った。朝ご飯は五目煎《い》り豆腐とたらこサラダ、野菜がたっぷりのベーコン汁だと言われたが、睡眠不足で食欲がなくて、食卓につくことが出来なかった。照子が残しておくと言ってくれた。

（ベーコン汁ってなんか気になるな）

照子の作る食事は本当に美味しい。昨日の昼食はいなり寿司にみょうがの玉子とじ汁、夕食は酢豚、塩もみ大根の一味和《あ》え、のりと胡麻《ごま》のスープという献立《こんだて》だったが、どれもみな最高だった。母も料理上手ではあったけれど、照子の並べるもののほうが蓮の口には合う。

布団を広げ、枕と育児書をぽんと並べて放る。

崩れ落ちるように横になって、灯《あか》りの点いていない雪洞型の照明器具を見つめる。

海翔が寝ていればすることはなくて、仮眠もとれるから終夜勤務でも疲労感はあまりないが、昼夜逆転の生活というだけで精神的な負担はある。昨日は海翔の小児科に着いて行って、書店で買い物をして、帰宅しても結局横になることなく照子の家事や海翔の世話を手伝ってしまった。

はじめてのミルク作りや授乳、紙おむつの交換に戸惑った。紙おむつはイメージ的に簡単だろうと思っていたが、いざやってみるとなかなかうまくいかなかった。何度かやり直しして、海翔にはぐずられるし、照子には溜め息をつかれた。

（抱っこだけはなんとかなるけど、他のことはこれからちょっとずつでも慣れなきゃ）

海翔が可哀想だ。一日の半分以上は蓮が世話をする。あんな小さな赤ちゃんにストレスを与えてはいけない。

（だいじょうぶなのかなぁ、俺）

力なく息を吐きだして、蓮は枕の横に放った育児書を手に取る。昨日買ったばかりなのに、もうくっきりと開きぐせがついている。昨日それだけ開いたということだ。

（活字で覚えるより実践なんだけど）

育児書を頼りにしないわけにもいかない。

蓮は一番開きぐせのついた月齢六ヶ月のページを開く。何度も読んだ細かい活字をもう一度辿《たど》りながら、海翔の可愛らしい寝顔や笑顔を思い出す。周囲を幸せにするあの表情を壊したくない。ベビーシッターの役目は重大だ。

（速水さん、手伝うとか言ってたくせに、昨夜は部屋にも入ってこなかったし、エイスケさんたちにいっつもは頼れないし）

蓮は育児書のページに指を挟んだ状態で腕を左右に広げた。

雪洞のような丸みをまた見据える。

（頑張れるかなぁ……頑張らなきゃいけないんだけど……）

視点を照明器具にとどめたまま、何度となく瞬きをしているうちに強烈な睡魔が押し寄せてきた。

「あっさくらさ～ん」

間延びした呼び方に重たい瞼を開くと、ミツオが覗き込んでいた。

びっくりして飛び起きる。無意識に自分でも情けないような悲鳴を発しながら、壁際にまで後ずさった。腰がざらついた壁紙にぶつかる。

「え、なんで、そんなに驚くんスか」

「だって、なんで君……」

「何度もノックしたんスけど、全然反応してくんないから死んでんじゃねぇかと思って、開けちゃったんスよ」

アロハめいた派手な花柄プリントのシャツを着たミツオは特に悪びれる風もなく、にこにこと蓮を見下ろしている。昼間、この屋敷には蓮と海翔、照子、ミツオしかいない。

「死んでる、わけないだろ」

「そんなのわかんないスよ。結構若者のぽっくりってあるから」

「ふ、ふ、不吉《ふきつ》なこと言うなよ」

体勢を立て直そうにもうまく力が入らない。大学に入ってからずっとひとり暮らしで、実家にも滅多に帰らずにいたから目覚めたときに自分の部屋に人がいるという状況に慣れていないのだ。それでも家族や友人ならすぐに切り替えて会話ができるだろうが、ミツオは一昨日顔を合わせたばかりの他人だ。パジャマのままで向き合っていたくないけれど、出て行けと怒鳴るのもなんだか違う。

(怒鳴ったら、海翔くんがまたびっくりして泣いちゃうしな)

昨夜、速水との会話で大きな声を出して、海翔を泣かせてしまったことを思い出す。二度同じことはできない。

(あれ……でも、俺、いま結構な悲鳴あげたけど)

海翔の泣き声はしなかった。隣の部屋にいないのだろうか。

「海翔くん、起きてるの？」

「へ？」

蓮の言っていることがわからないとばかりにミツオが間の抜けた声をあげる。表情もきょとんとしている。

「だって、いまの俺の声で泣かなかったから」

「ああ。そういうことか」

ミツオはすぐに笑顔に戻った。

「照子さんとリビングにいますよ。ちょうどお昼だから」

「ご飯食べてるの？」

「そう。だから麻倉さんも起こしなさいって照子さんが」

言いながら、ミツオは丸まった毛布を蹴り上げるようにして拾い、無造作に畳んで布団の足元に置く。

「夜起きてるから眠いんだろうけど、ご飯は食べなきゃいけませんってさ」

「お昼ご飯？」

蓮は壁を後ろ手で支えにしてゆっくりと立ち上がる。やっと脚に力が入った。

「炒飯《チャーハン》だって。麻倉さん食べられる？」

「炒飯はあんまり嫌いな人いないんじゃないかな？」

蓮はミツオを軽く押し退け、布団を畳んだ。少しだけ動揺が膝に残っている。この程度のことでいつまでも驚きを引き摺《ず》っていて恥ずかしい。

「エイスケさんは長ネギ入ってたら食べられないんスよね」

ミツオが秘密を明かすとでもいわんばかりのにやついた表情を浮かべた。

「嫌いなの？」

「もお、すんごい細かく切ってあってもわかるらしくて、絶対に食べないの。照子さんが避けて食べればいいって言うんだけど、味が移ってていやなんだってさ」

「へぇ」

エイスケは速水家に住み込んでいる三人の中では一番大人びていて、しっかりしていそうな雰囲気なのだが、そんな子どもじみたことをするのかと、蓮は思った。

「ミツオくんは好き嫌いない？」

「俺はないな。ショウタさんもない。麻倉さんは？」

「俺もあんまりないかな。鶏肉の皮は得意じゃないけど食べられないってことはないよ」

蓮は曖昧に笑んで、畳んだ布団と毛布を重ねて部屋の隅へ押し寄せる。布団の隅が黒い紙袋を弾く。速水が着替えを詰めて来てくれたものだ。蓮は慌てて、倒れそうになった紙袋の持ち手を掴む。

「鶏肉の皮美味いのに」

「居酒屋とか行くとみんなそう言うよね」

蓮は紙袋を布団の横に置き直した。この部屋には半間ほどの押入れがあるが、勝手に使ってよいのかわからないから、物は全部表に出しっぱなしだ。とはいっても、ここに蓮個人のものはなにもない。布団も服も借り物だ。育児書だって、借りたお金で買っているから、その金額を清算するまでは蓮のものではない。

アパートに一旦戻ってちゃんと着替えや身の回りのものを持って来たほうがいい。財布は『若生連合《わこう》』の奴らに奪われてしまったけれど、キャッシュカードや通帳は持ち歩かずに部屋に置いてあるから取ってくれば、多少の日銭《ひぜに》にはなる。照子に借りた育児書の代金も返せる。

部屋の鍵も『若生連合』に取り上げられていたが、大家さんが近くに住んでいるから頼めばマスターキーを貸してもらえるはずだ。

（でも、勝手に取りに帰ったりしちゃいけないんだろうな）

借金の形である状況を考えれば、蓮に外出の自由などあるはずがない。当たり前だ。外出を認めて、蓮に逃げられたら速水は五千万丸損してしまう。屋敷の中にはミツオと照子しかいなくて、一見隙だらけのようだが、そんなに甘いとは思えない。一歩外に出たら監視者がいる可能性もある。

（逃げるつもりなんかないけど）

『若生連合』の連中が話していた風俗行きや内臓を売らせるなんてことに比べれば、速水の条件など可愛いものだ。怖い思いをしなくて済むようにしてくれたのだから、裏切るような行為をしてはいけないと思ってはいる。さすがに五千万を完全返済するための日数を考えて眩暈《めまい》は覚えたけれど。

「あっ！」

ミツオがまた大きな声をあげる。

びくっとして、蓮はミツオを見やった。

「な、な、なに？　でかい声出して」

「速水さんも鶏の皮嫌いだ。焼き鳥の皮も唐揚げについてる皮も剥《む》いて食べてるよ」

そんなことかと言いそうになって、蓮は軽く唇を噛んだ。ミツオは、共通点があるかどうかもわからない新参者《しんざんもの》の蓮との会話を続けようと気遣ってくれているに違いないのだから。

「てか、あの人、ほとんどの肉の脂身《あぶらみ》食えないんスけどね」

ミツオは頭の後ろで手を組み、愉快そうにけけけっと笑う。

「焼肉屋ではカルビすら食べないですもん」

「なんか節制してるとかじゃなく？」

速水が細過ぎない適度な筋肉を持っていることは、はじめて逢った夜にちらりと見えた腹筋で容易に想像がつく。日々多忙そうな速水にはスポーツをするための時間的余裕などないだろうから、食事でカロリーを取り過ぎないようにしているのではないか。昨日の朝食の量も少なめだった覚えがある。

「あ〜〜あの人、アルコールもあんま飲まないし、もしかして節制してんのかな」

「食えないいんじゃなくて、食わないのかもね」

蓮は微笑んで頷くと、紙袋の一番上に乗っていたブルーの長袖Tシャツとジーンズを取り出した。食堂で照子と顔を合わせるのにパジャマというわけにはいかない。年齢を重ねてはいても異性だし、照子は行儀《ぎょうぎ》やマナーにうるさい。

着替えようとしてパジャマの裾を臍《へそ》のあたりまで捲ったところで、ミツオがじっと見つめているのに気付き、蓮は慌てて手を下ろした。

「なに？」

「え、あ、ああ。すみません。なんか麻倉さんってほんとに男の人かなぁって思っちゃって、つい」

ミツオは組んでいた手を解き、そのまま後頭部を掻き毟《むし》った。かなり照れくさそうだ。

「はあ？」

思いもしなかった言葉に、蓮はぼやけた返事をしてしまった。

「ほら、麻倉さん綺麗だから」

「へ？」

「俺、麻倉さんみたいな美人、女でも見たことないスもん。男、なんスよね？」

ミツオが蓮を覗き込むようにして恐る恐る訊いてくる。

「男、だけど」

蓮もつられて、なんとなく恐る恐る答えた。

「ですよねぇ」

「なんでそんなに残念そうなんだよ」

蓮はしゅんとしょげてしまったミツオを窺う。

「ちょいショック」

「だからなんで？」

「好きなタイプだったんですもん。麻倉さんの顔」

ミツオがぼそっと言って、蓮から顔を逸《そ》らした。

「タイプって、即座に俺が男ってわかるでしょうが」

「まあ、そうなんですけどね」

ミツオはまた後頭部の髪をかき回す。ばさばさの金髪が逆立っている。

蓮は「仕方ないなぁ」と呟いて、ミツオの手を頭から外し、乱れた髪を直してやった。

ワックスで固めてあるから軽く梳《す》いてやればすぐに元に戻る。ミツオはされるがまま、おとなしくしていた。時々逸らした視線を蓮に戻し、目が合うと爆《は》ぜるように顔を背ける。

（あれ。冗談じゃないのかな）

同性にタイプだと言われたら、あまり気持ちが良いものではないけれど、同じ屋根の下に寝起きするのに嫌われているよりはいいのかもしれない。

（って、いいのかな。タイプって恋愛感情ってことじゃないよね？）

蓮は複雑な気分になる。

このところ異性から好意を寄せられたこともないのに、同性からだなんて。喜んでいいやら悲しんでいいやらだ。会社がもぬけの殻《から》で借金を背負ったことといい、いくらなんでも特殊な展開過ぎる。

「せっかく整えてるんだろうから、髪乱しちゃったらもったいないよ」

「あ～～すみません」

ミツオは蓮が直したあたりを指先で擦りながら、いかにも照れくさそうに笑う。

「でもまあ、そんなに大した手間じゃないっスから、こんなの」

「だとしてもね」

蓮は肩を竦め、僅かに捲れあがったパジャマの裾を直した。ぎゅうっと握り締める。

ミツオがいる前で着替えても問題ないような気もするのだが、タイプなどと言われたあとでは同性であってもさすがに半裸《はんら》を晒《さら》す勇気は出ない。いきなりなにかをしてくるなんてことはないと思うが。

「あ、あ、あの。すみません。俺出ていきます。着替えてくださいっ」

ミツオは蓮の動作を見て悟ったのか、素早く身を翻《ひるがえ》し、部屋を出て行った。後ろ手に勢いよく襖を閉める。

蓮は呆然として、襖を見つめた。

高菜《たかな》炒飯と牛挽《ひ》き肉のとろみスープという昼ご飯を食べ終えて、蓮はダイニングテーブルの脇に置かれた折り畳み式のベッドで眠る海翔を覗く。小さな親指をむにゅむにゅと咥《くわ》え、海翔は幸せそうにやわらかな寝息をたてている。

蓮は思わず微笑んで、ベッドの横に膝をついた。

「麻倉さん」

キッチンの片づけをしていた照子が声をかけてくる。

「はい？」

「これから夕食のお買い物に出るんですけど」

「どうぞ。海翔くん、俺が見てますから」

蓮は大きく頷いた。視界の隅にはしっかりと海翔の姿を留めている。ほんの二日でも、もう海翔を守ろうと思う気持ちが強くなっている。人間とは本当に不思議なものだ。どんなきっかけであっても小さなイキモノへの庇護欲は生《しょう》じる。

「それもそうなんですけれど、なにか召し上がりたいものございます？」

「俺ですか？」

驚いて、蓮は僅かに膝を浮かせた。

まさかそんな優しい質問を受けるとは思わなかった。食事を貰えるだけで充分で、好き嫌いなど言える立場ではない。

「ええ。麻倉さんのお好きなもの」

照子は濡れた手を拭きながら、キッチンから出て来る。

「俺のことなんか気にしなくていいです」

蓮はぶるぶると頭を横に振った。

「そんなに遠慮なさらなくてよろしいんですよ。お食事くらいのこと」

「俺好き嫌いないですから」

「本当ですか？」

照子は蓮の傍らに身を屈め、首を傾げるようにして顔を見る。蓮は咄嗟に笑みを浮かべてみせた。

ミツオに言った通り、鶏皮は苦手だが、食べられないわけではない。子どもの頃から特に好きな食べ物はなかったから、母親にはよく張り合いのない子だと言われてもいた。

「なんでもだいじょうぶです。照子さんのご飯美味しいですよ」

「それならよろしいんですけれど。麻倉さん、なにもおっしゃらないから心配で」

「あ〜〜照子さん！　麻倉さんの嫌いなもん、俺知ってるっ！」

突然けたたましい声が響き渡って、蓮はびくっとした。照子も驚いたように顔を上げる。ふたりでほぼ同時に振り返る。廊下にミツオが立っていた。

いつからそこにいたのだろう。

「ミツオさん、声が大きい」

照子が呆れたように立ち上がる。

蓮は海翔が起きていないかと、すぐにベッドの中を覗いた。海翔は可愛らしいえくぼを見せながら親指をしゃぶり続けている。小さな唇がなにかを食べているみたいに動く。蓮は涎《よだれ》で濡れた唇の端をそうっと拭いてやった。

「あっ、すんません」

ミツオは後頭部をかき回し、髪をまた乱した。さっき直したばかりなのに、金色の髪が逆立ってしまっている。

「麻倉さん、鶏皮が嫌いだって言ってたから気を付けてあげてよ。照子さん」

ミツオがどすどすとリビングダイニングに入って来る。鈍い振動で折り畳み式のベビーベッドが揺れる。蓮は振動が海翔を起こさないようにベッドの枠を押さえた。

「鶏の皮ですか。あら、まあ、旦那さまと一緒」

「でしょ？　俺もそう思った」

ミツオは大袈裟《おおげさ》なくらいに大きく頷いて冷蔵庫に歩み寄った。缶の烏龍茶《ウーロンちゃ》を取り出し、一気に飲み干して、ごみ箱に放り投げる。こんっと乾いた音がした。

「ふたりも嫌いな人がいるなら、鶏も使うときには皮を剥がすようにしたほうがよろしいですね」

照子は蓮とミツオを交互に見やり、頷くように微笑んだ。

「俺はそんなことしてもらわなくてもだいじょうぶです。苦手だけど嫌いってわけじゃない」

「嫌いだって言ってたじゃん！」

慌てて照子に取り成す蓮の言葉を遮ってミツオが言い放つ。くるんと振り返って、蓮を指差した。

「言ってないよ」

蓮はすぐさまミツオに言い返す。ミツオがむっとする。

「言ってたね！」

「言ってない。嫌いじゃないいんだから嫌いなんて言わない」

どんどん大きくなっていくミツオの声で海翔が目を覚まさないかと、蓮は気が気ではなかった。ミツオと話しつつも意識は海翔に向いてしまう。相変わらず海翔はむにゅむにゅと唇を動かし、親指ばかりか人差し指も咥えはじめた。もう涎でべちょべちょだ。目を覚ましたら拭いてやらないといけない。

「言ってたのに！　だから俺いま照子さんに教えたのっ！」

「言ってないって。しつこいよ。それで声も大きい」

海翔がもぞっとそれまでと違う動きをしたような気がして、蓮はミツオにボリュームを下げるようにジェスチャーで示した。

「意地っ張り。嫌いなら嫌いって言っとけばいいじゃん」

ミツオが不機嫌に頬を膨らませた。

「嫌いじゃないんだってば。苦手と嫌いは違うだろ」

「麻倉さんもミツオさんももうわかりましたから」

なおも言い合いを続けそうな蓮とミツオに呆れたのか、照子が軽く手を叩いた。

そのやわらかな音にはっとして、蓮は唇を指先で押さえた。声が大きいのはミツオだけだと思っていたが、自分もちょっと音量オーバーだったかもしれない。つい過熱してしまった。

「少し静かにしましょう」

「すみません。配慮《はいりょ》が欠《か》けてました。気をつけます」

　蓮は深々と頭を下げた。

　その瞬間、額からふわりと浮いて、力なく揺れる前髪がいきなりぎゅっと掴まれた。

「えっ」

　びくっとして顔を起こそうとすると、「きゃっきゃっ」といかにも楽しげな笑い声が聞こえてきた。

「ええ……？」

　前髪を掴まれたまま、不自由な視線を動かす。

　海翔の小さな手のひらがしっかりと連の前髪を握り締めている。ぐるんぐるんと円を描くようにして振り回し、無邪気過ぎる笑い声を弾ませる。

「海翔くん」

　蓮はその仕草を可愛らしいと思いつつも、海翔が振り回すたびにどんどん小さな指に絡む前髪が引っ張られる痛みに顔を顰めた。どう言って放してもらったらいいのだろう。海翔の月齢で言い聞かせてわかるものなのか。

　海翔が一際強く蓮の髪を引っ張った。

「いたっ」

　地肌がぴりっと突っ張る。赤ちゃんの力が意外と強いことは何度も味わっているけれど、これは特に痛い。

蓮が顔を歪ませるのが嬉しいわけではないのだろうが、海翔の笑い声がいつもよりも明るい。本当に嬉しそうだ。

（参ったなぁ）

蓮は困惑して肩を竦める。海翔はますます髪を引っ張る。指にすっかり絡んでしまっている感じだ。

「麻倉さん、そういうのはガンと言ってしまってよろしいんですよ」

照子のびしゃっとした口調に、蓮は不器用に顔を向けた。

「照子さん。でも」

「わがままになってしまいますから」

そう言うと、照子は折り畳み式のベッドを覗き込み、海翔のふくよかな腕を掴んだ。

「海翔さん、駄目ですよ」とやんわりと宥めながら、絡みついた蓮の前髪を解く。

海翔はちょっとだけむずがるような声を上げたが、素直に照子に従っている。特に不機嫌にもならずに、きょとんと両目を開いて照子を見上げていた。長い睫毛の影が映り込むくらい澄んだ瞳が愛らしい。

（ああ、可愛いなぁ）

ついうっとりしてしまう。こちらを見てくれないかなとさえ思う。

ほんの二日ですっかり海翔のトリコだ。

(赤ちゃんってこんなに可愛いんだなぁ。ミルクの匂いもすっごい好きだ)

前髪を引っ張られて痛かったことなんて、この顔を見ていたら忘れられる。たいしたことじゃない。

海翔の指から前髪が解放されて、蓮は上半身を起こした。

ベッドの中でにこにこしている海翔の丸っこい頬を見つめる。元気よく手足をばたつかせている。ぷくっとした四肢《しし》が全部違った動きをしていて、それがまた可愛い。「きゃあ」というはしゃぐ声が心地よい。

蓮は床に座り直して、海翔の頭を軽く撫でた。海翔はきゅうっと両目を細めて、嬉しそうに蓮を見た。えくぼが深くなる。

こんな反応をしてくれるならいつまでも撫でてあげたい。

「麻倉さん」

不意に強い声で照子に呼ばれた。

蓮は慌てて顔を上げる。

「海翔さんはわたくしが見ていますから、ミツオさんとお買い物に行って来ていただけますか?」

「え、俺がですか?」

「メモ通りに買っていただければだいじょうぶです。お店も書いておきましたから」

照子は蓮の視界から奪い取るみたいに素早く海翔を抱き上げた。蓮は海翔を追い駆けて立ち上がった。照子の腕の中の海翔を盗み見る。海翔は相変わらずご機嫌に笑っている。

「お店の場所はミツオさんが全部知っています」

「はあ……」

蓮は少し頼りなく頷く。

ミツオとふたりきりはなんとなく気まずい。好みだと言われたばかりか、つまらない言い合いもしてしまった。引き摺るつもりはないけれど、いますぐには切り替えられない。そんなに簡単な性格ではない。

蓮はちらりとミツオを見やった。ミツオは冷蔵庫の傍でつまらなそうに唇を尖らせて、金色の髪を弄《いじ》っている。

あんな表情の人間と買い物だなんて。

機嫌が戻ったとしても、会話をもたせる自信がない。

「鶏肉は献立にありませんから、安心してくださいね」

照子は蓮の中の屈託に気づく様子もなく、ダイニングテーブルの椅子に腰かけた。

オーリスから降りて、商店街の一番端にある八百屋へ向かう。

チェーン展開をしている大きなスーパーマーケットがあるのに、照子の指定は個人商店ばかりだった。八百屋ばかりではなく肉屋も魚屋もだ。

「照子さん、マーケット嫌いなんだよなぁ」

蓮が持つメモを覗き込み、ミツオが呆れたように呟く。どうやら、いつも買い物は個人商店をいちいち回っているらしい。

「面倒なのに」

ミツオはぶつぶつ言いながら、八百屋の店先にあったキャベツとホーレン草を掴む。蓮は奥に置かれているセロリを取った。

「あと、林檎《りんご》一個」

ふたりでそれぞれに野菜をレジに載せた後、蓮がメモを読むと、ミツオが不愛想に頷いた。ビニール詰めになっていない林檎を持って来る。

八百屋のおじさんは手際よくすべてをレジ袋に詰めてくれる。締めて八百十円也《なり》。

「千円ください」

支払いをしている蓮の脇からミツオが手を出した。

「なんで?」

「肉屋と魚屋俺がダッシュで行って来る。そのほうが早く済むっしょ」

ミツオはにこりともしないまま言う。その表情の硬さに蓮の唇も歪《ゆが》む。一方的に笑顔を作るのも馬鹿らしい。

「一緒に行くよ」

「野菜重いから。どこかに置かせてもらって待ってて」

ミツオは蓮が照子から預かった財布から千円札を一枚引き抜き、大袈裟ではなく風のように走り出て行った。

蓮はひとつ溜め息をついて、おじさんからお釣りと野菜の詰まったレジ袋を受け取る。

「ちょっとだけ、店先にいてもお邪魔じゃないですか？」

「ああ。まだ客そんなに来ない時間だからいいよ」

蓮とミツオの会話を聞いていたおじさんはすんなりと了解してくれた。「すみません」と言って、蓮は八百屋の営業の邪魔にならないように店の端に寄った。キャベツが丸ごと入ったレジ袋が想像よりも重たくて、仕方なく足元に下ろす。林檎が転がり出さないように脚の間に挟んだとき、軽やかにクラクションが鳴った。

蓮は小刻みに瞬いて音のした方を見やる。

（あれ……）

見慣れた黒いベントレーが停まっていた。

双眸を細め、ナンバーを見るために軽く背筋を伸ばす。陽射しが反射していて、数字があまりよく見えない。

（速水さんの車、だよな）

運転席のウィンドウが開いて、エイスケが顔を見せた。

（ああ、やっぱり）

なんとなく安堵して、蓮はレジ袋を持ち上げて八百屋を出た。

「お疲れさまです」

エイスケは、通行人と自転車を避けてベントレーに駆け寄った蓮に、にこりと笑んで会釈してくれた。骨ばった広い肩幅に地味な黒いシャツが似合う。初対面のヒョウ柄のインパクトが強くて、派手な男だと思っていたけれど、こうやって落ち着いた服装をしていればシックな美容師といった雰囲気だ。

「こんなところで会うとは思いませんでした。買い物ですか？」

「照子さんに頼まれたんです」

蓮はキャベツが存在を誇示《こじ》するレジ袋を掲げた。

「こき使われてますね」

エイスケの笑みがおどけるような色彩を帯びる。

「そんなんじゃ」

「麻倉さんは夜起きてなくちゃいけないんだから、日中動き回ってたら持ちませんよ。買い物なんてミツオにやらせればいいんです。あいつサボってるんですか？」

「いえ、いま肉屋と魚屋に」

蓮はレジ袋を下ろし、咄嗟にミツオを庇《かば》った。エイスケがふうんと肩を竦める。

「それに、俺、まだ海翔くんの世話に慣れてないから。照子さんにいろいろ聞きたいし、どんなふうにやるのか見てたいし。だいたいそんなに長時間寝てもいられないですから、ちょうどいいんです」

「いい心がけだ」

後部シートから低く重たい声がした。

はっとして、蓮は微かに視線を動かす。黒いフィルムに守られた車内に均整の取れた身体つきをした速水が悠然と座っていた。どことなく王者の風格がある。だが、恰好のほうはスーツのボタンは外し、ネクタイも緩め、随分と気が抜けている。

今日はもう仕事は終わりなのだろうか。

「しっかりやらなければ五千万もの返済はできんからな」

口調が威圧的で冷たい。

優しくされることなど期待してはいないけれど、エイスケの穏やかな喋り方との落差に背筋に凍てつくものが奔った。単独で耳にするより怖く思える。

「頑張り、ます」

「是非《ぜひ》ともそうしてくれ。海翔は大切な跡取りだからな」

例のごとくふっと笑い、速水はネクタイを完全に解く。くたりと胸元に落ちた濃いブラウンとアクアブルーのストライプ模様の布地を指先で払い除《の》けて、傍らにあった紙袋を持ち上げた。

「それと、これ」

ゆったりと身体を起こし、速水が運転席の窓越しに紙袋を突き出す。

「なんですか？」

「受け取れ。おまえのものだ」

速水はとことん素っ気ない。蓮は唇をきゅっと引き締め、つやのない真っ白な紙袋を見やる。

「俺の？」

「若生の連中に没収された財布と免許証とスマホと鍵」

紙袋を早く受け取れとばかりに揺すりながら、速水が中身をひとつひとつ思い出すように告げた。

「え？」

驚いて、蓮が訊き返した。

速水は不愛想に「財布と免許証とスマホと鍵」と繰り返した。揺すられ続けている紙袋の中でかたかたと小さな音がする。

「取り返してやった。有難《ありがた》がれとは言わないが、嬉しそうな顔くらいはしろ」

速水の口調は平坦《へいたん》で表情がない。わざとそう繕っているようにも聞こえる。

「……はあ」

蓮は頷いて、紙袋の持ち手を掴んだ。人差し指の先端が速水の親指の付け根を掠める。熱く硬い肌だった。

思わず持ち手を放してしまった。

紙袋が助手席のシートに落ちる。入っていた財布とスマートフォンが飛び出した。

「しっかり持て」

拾い集めるために助手席のドアを開けていいのだろうかと迷っていると、エイスケが素早く財布とスマートフォンを紙袋に戻し、蓮に手渡してくれた。今度は落とさないようにきちんと持ち手を握り込む。

「すみません」

「いえ」

「すみませんじゃない」

エイスケの返事を押し潰すみたいに、速水が鋭い言葉を投げつけてくる。

固形物ではないのにぶつかる衝撃があった。怒られたのだとすぐに思った。このところ忘れていた感覚だ。かっと顔が羞恥に染まるのがわかった。

「いまおまえが言うべきなのは、ありがとうございますだろう」

「え……」

思いがけない否定に蓮は速水を見やる。

速水は額に零れ落ちる前髪をかきあげて、切れ長の双眸《そうぼう》を細めた。薄暗い車内で冴えた刃のように光っている。

「おまえには赤ん坊の世話と同時に礼儀も教えなければいけないようだな」

速水は一層低い声で言い放って、長い脚を組み、膝先で頬杖をついた。瞳がますます鋭利《えいり》に尖った。

蓮は萎縮《いしゅく》して動けなくなった。

「どうせだからしっかりと身につけろ。基本から教えてやる」

肉屋と魚屋で買い物を済ませたミツオが駆け戻って来る。

蓮は野菜の詰まったレジ袋と白い紙袋をぶら下げて、ぼんやりと商店街の端っこに佇んでいた。

「どうしたんスか？」

ミツオが不思議そうに蓮を覗き込む。

「え？」

「なんか顔色よくないっぽい」

「そ、そんなことないよ。帰ろう」

蓮は早口に誤魔化してオーリスのほうへ歩き出す。すぐにミツオが追い駆けて来た。前後するようにコインパーキングに入ってすぐ、蓮は一番奥にベントレーが停まっているのに気づいた。

（あれ……）

仕事の時間が迫っていると言っていたのだが、この近くなのだろうか。

というか、速水はいったいどんな仕事をしているのだろう。同じ屋根の下に暮らすようになって三日目、改めて考えてみる。

屋敷は広く、家政婦を雇い、血縁関係のない男たちを蓮も含めて四人も同居させ、送迎はベントレー。自宅用に小回りの利くオーリス。

それだけでも普通のサラリーマンレベルの収入ではないとわかる。

エイスケやショウタは速水の仕事にも関わっているようだが、屋敷に戻ってまで役職名では呼ばない。常に「速水さん」だ。照子は「旦那さま」だし、仕事には出ずに自宅周りの手伝いをしているミツオも「速水さん」と呼んでいた。

今日はエイスケがベントレーを運転していたけれど、いつも速水を送迎するのは長身でごつい感じの男だ。黒っぽいジャケットを着て、かしこまって門前に佇んでいる。無口で愛想はないが、礼儀はある。きちんと蓮にも挨拶をしてくれた。あの男は速水をなんと呼んでいただろう。「社長」ではなかったような気がする。

(あ、「会長」だ! 「会長」と呼んでた)

速水は上に見積もっても三十代半ばくらいで、会長と呼ばれるには若いから余計にどんな仕事をしているのだろうと思うようになったのだ。

「ね、ミツオくん」

「はい?」

「速水さんってどんな仕事してるの?」

蓮はレジ袋を後部シートに積みながら訊いた。

「なんで急に?」

ミツオが心底から不思議そうだった。

「ほら、あそこに速水さんのベントレー停まってるからこの近くに取引先みたいなのがあるのかなって」

「あ、ほんとだ」

いま気づいたらしく、ミツオはきょとんとして「珍しい」と呟く。後部ドアを閉めて、弾《はず》むような足取りでベントレーに近づいていく。蓮は意識的にふたつ瞬いてから、ミツオの後に続いた。

「今日はエイスケさんが運転してたんだよなぁ」

「さっき会ったときもそうだった」

「そこも珍しいスよね」

ミツオは顎を突き出すようにしてベントレーの車内を覗く。後部ウィンドウにはフィルムを貼っているが、運転席や助手席の窓はそのままだから中を見るのは容易い。速水が長い脚を組んで悠然と座っていた後部シートにはストライプ柄のネクタイが残されていた。

ネクタイをせずに仕事先に行ったのか。仕事ではない用事に向かったのか。

「ちょっと待ってみます？」

「照子さん待ってるのに」

「まだ夕食作んの早いっしょ」

ミツオは腕時計を見て、にっといたずらっぽく笑う。ベントレーが停まる隣の駐車スペースの車止めに腰を下ろしてしまう。

蓮は眉根を顰めた。

いいのだろうか。すぐに戻って来るとは限らないのに。

照子がどんな夕食を作るつもりでいるのかはわからないが、下拵《したごしら》えに時間がかかるものであったら、蓮とミツオが材料を持ち帰らねば困るのではなかろうか。ひとつのずれは全部に影響する。自分たちの分だけならいいけれど、速水や海翔の食事まで遅れてしまったら申し訳ない。

もちろん、速水がなにをしているのかという好奇心もないではない。

（でもなぁ）

蓮はミツオみたいに無邪気にはなれない。

速水に対してなんの負い目もないであろうミツオとは違う。五千万がどうしたって重くのしかかってしまう。少しでもさぼってはいけない気がするのだ。

「だいじょうぶだって」

ミツオは蓮のジーンズの膝のあたりを摘んで引っ張った。蓮はさっと払うようにして後退った。

「怒られたとしてもちょっとですって」

「出来れば怒られたくないけど。俺としては」

「冒険心が足りないなぁ」

「冒険心って」

蓮は呆れて、微かな溜め息をつく。ミツオは明るくて話しやすいし、顔がタイプなんて言われたことを差し引いてもいい子なんだけれど、こういう考え方はあまり理解できない。

自分が堅苦しい人間だと思ったことはないが、ミツオのような自由な解釈ができないのは、はみ出したくない生真面目な枠みたいなものが確かにあるのかもしれない。

そのわりにはとんでもないハプニングの只中《ただなか》にいまいるけれど。

「くだんねぇこと言ってんじゃねぇよ。サボり魔が！」

唐突に背後から威嚇するような、それでいて妙に軽やかな声が聞こえてきた。この三日で覚えてしまった声のひとつだ。

別段驚きもしないで振り返る。

案の定、見慣れたエイスケが立っていた。

そのすぐ後ろに速水がいる。腕を組み、にやにやとこちらを見ている。端正な顔立ちだから、この程度の表情でもなんとも言えない凄《すご》みを感じる。ネクタイを外したワイシャツの襟元はボタンもいくつか留めていないのか、だいぶゆったりとしている。

最初の夜にもワイシャツのボタンはしていなかった。引き締まった腹筋の記憶がある。

堅苦しく締め付けるものが好きではないのだろうか。

「麻倉さんを巻き込んでんじゃねぇよ、おまえはぁ」

エイスケは車止めに座り込んでいるミツオに駆け寄ると、ぐわっと首に腕を回した。ミツオはちょっとだけ逃げるふりで腰を浮かせたが、さほど本気で避ける気もなく、素直にヘッドロックを食らっていた。「いてぇ」なんて言いながらも顔は笑っている。よくある悪ふざけなのだろう。

蓮から見れば大柄の部類に入るエイスケからのヘッドロックなど、冗談だとわかっていても恐怖以外のなにものでもない。

「照子から海翔のことを教わりたいと聞いていたが、昼間は休んでいろ。超過料金なんぞ払わんぞ」

エイスケとミツオのじゃれ合いを眺めながら、恐ろしく低い声で速水が言い放つ。

「そんなつもりは」

反論にもならない呟きを落として、蓮は唇を尖らせる。

「そこまで生真面目にやらんでもいい。海翔はどちらかと言えば手がかからない。夜ぐずって眠らないこともあるが、ごくたまにだ」

「はぁ……」

その程度のことなら夜間ベビーシッターなどいらない。速水が帰れなくてもエイスケたちも同居しているのだし、非常時に照子に連絡して来てもらう約束だけ取り付けておけば、なんとかなる。蓮をわざわざ日給一万も出して雇う必要はない。

五千万を完済させるためとは言っても、その支払いに充《あ》てる金も速水の懐《ふところ》から出るのでは損ばかりではないのか。

今回の蓮の雇用に、逃げないように監視する以外の意味があるのだろうか。

実際、速水の息のかかったどこかで働かせて、誰かを監視にくっつけたほうが手っ取り早い。財布やカード、スマートフォンを奪ってタコ部屋みたいなところに放り込んでしまえば、逃げようったって逃げられない。

それなのに。

「この前のように中耳炎になっていたとか風邪気味で熱っぽいとか、そんなときにつきっきりで起きていてくれればいい。仕事が不規則過ぎるから俺には無理だし、とうに還暦を過ぎた照子にそんなことを頼んだらぶっ倒れてしまう」

速水はいつものようにふっと笑うと、ゆるんだワイシャツの襟元から手のひらを差し入れて首筋のあたりを撫でた。形のよい綺麗な鎖骨が見えて、蓮はなぜかひどく動揺した。

（なんなんだよ。野郎の鎖骨なんかにっ）

高校までサッカー部だった。教室でも部室でも平気で着替えていたし、練習の後のシャワー室では素っ裸で水をかけあい大騒ぎして監督に怒られたこともある。同性の鎖骨も腹筋も珍しいものなんかじゃない。

でも、速水のそれには妙にどきっとする。色っぽいと思ってしまう。同性に性欲が湧く種類の人間ではないはずなのに。

蓮はさり気なく速水から視線を逸らした。

「海翔には情緒面を見てやれる人間がいない」

速水は低い声に微かな溜め息を交ざらせた。いびつなくらいに切なく響いて、蓮は逸らした視線をまた速水に戻した。

速水は腕を組み直し、じっと蓮を見つめている。予想以上にがっしりと視線が噛み合ってしまって、蓮はたじろいだ。

「そういうのは、お母さんとか……」

思わず言いかけてやめる。

海翔の母親を見たことがない。どこかに出かけているとか、用事ができて実家に戻っているとか、そんな様子でもない。あの屋敷には女性が住んでいる気配すらないのだ。だいたいまともな母親なら、多忙な夫に月齢六ヶ月の赤ちゃんを預けっぱなしにはしないだろう。家政婦と住み込みの若者たちだけでは手に負えないし、なによりも我が子が心配でならないはずだ。

離婚したとするなら、たぶん親権は母親にいく。あんな乳児ならなおさらだ。相当駄目な母親であっても女性に絶対的に有利だと思う。海翔は離乳食をはじめてはいるが、まだまだミルクが中心の食生活をしているのだから、手はかからないかもしれないが、手を離れたわけではない。

「海翔には母親はいない」

速水は息苦しげに短く告げた。痛々しい口調だった。

「産んですぐに死んだ」

「……あ」

更に絞り出すみたいに響いた声に愕然として、蓮はつい言ってしまった言葉を悔やんだ。取り返しなどつかないけれど、取り返したい。消したい。

他人の家の事情なんて知りもしないくせに、一般的な常識ではかろうとした。思いやりがないにもほどがある。速水がかろうじて冷静でいようとしてくれているのが救いだ。

「だから、あの子には人間らしいことをちゃんと教えてやれる人間が必要だ。照子だけではどうにもならない。エイスケたちは普通の家庭で育っていないから、普通の人間らしさを知らない。教えてやりようがない」

速水はわざとなのか、あまり力を入れずに言った。声が掠れて、いくぶん早口で、億劫《おっくう》そうだ。痛々しさは薄まらずに頼りなく響く。

「俺もあまり普通の家庭環境ではなかったからな」

頼りなさに僅かな自虐が交ざる。

蓮は横目でちらっと速水を見やった。速水はもう蓮を見ていなかった。

笑いながらじゃれ合うエイスケとミツオを見る視線に羨望《せんぼう》を感じるのは気のせいだろうか。

「麻倉蓮みたいに真面目で優しい子になったらいいと思う。人に騙されないようにとは教えたいが、信じない子にはなってほしくない」

静かに言葉を並べて、速水はすうっと目を細める。整い過ぎた横顔が寂しげに見えた。

刻んだにんじんやセロリ、玉ねぎがたっぷり入ったコロッケはソースをかけなくてもしっかり味がついていた。ホーレン草のサラダには滑《なめ》らかに練ったブルーチーズを醤油《しょうゆ》と酢で混ぜたドレッシングがかかっていて、ベーコンとあさりの旨《うま》みでキャベツを食べるという感じのスープも美味しかった。

照子は見た目にも味にも一工夫のされた料理を次々と並べる。玉子焼きに焼き魚に味噌汁なんて定番のメニューでもどこかに独特のアレンジがされている。それがまたびっくりするほど合っていて美味しいのだ。

蓮はどちらかと言えば食が細いから、多めに盛られたおかずをつい残してしまうのだが、本当に惜しいと思ってしまう。翌日出勤するような仕事をしていれば、そのままお弁当に詰めてもらうに違いない。

もっとも、速水家での食事では、残れば細身のわりに大食漢《たいしょくかん》のミツオとショウタが完全に平らげてしまうのだけれど。

今夜もミツオとショウタのとんでもない食欲に呆れながらも、蓮は「ごちそうさま」と手を合わせると、空《から》になった椀と皿をシンクに運んだ。夕食のあとの食器は食洗機にかけておくようにと照子に言われている。とりあえず、洗い桶《おけ》につけておいてミツオとショウタが食べ終わったら三人分まとめて洗えばいいだろう。

今夜、速水もエイスケも帰宅しないらしい。ふたり分の食事は端から支度されていなかった。

速水の顔を見られないのは少し物足りない。今朝はすれ違ってしまったし、昼間商店街のはずれで逢ったけれど、夜、帰宅して来る速水を見たいのだと思う。

特に親しく会話が出来るわけでもなく、最初に言っていたとおり海翔の世話を手伝ってくれることもないのに、速水がいるといないとでは、なんとなく気持ちが違う。忙しいのだろうけれど、出来れば夜には屋敷にいてほしい。

蓮の脳裏に昼間見た、速水の綺麗な鎖骨が甦《よみがえ》ってきた。

そんなものを不意に想い出してしまう自分に慌てて、蓮は思いきり頭を揺すった。懸命に速水への想いを打ち消して、遠くへ追いやる。

「あ、そうだ。ミツオくん」

「んあ？」

コロッケを口に押し込んで、ミツオがキッチンのほうを見る。

「スマホの充電器貸して。アンドロイドだって言ってたよね」

ちょっといかがわしいような想像をしていたのが恥ずかしくて、口調が忙しなく不自然に明るくなっていた。隠すのが本当に下手《へた》だ。

「飯終わったら出しとく」

でも、その違和感は本人だからわかる程度のもので、ミツオは特に指摘もせずに食事に戻る。あの茶碗の中の白飯は何杯めだっただろう。

「ありがと」

蓮は水道の蛇口をひねった。

速水が取り返して来てくれたスマートフォンの充電はとっくに切れていたから、手元に戻ってもいまのままではただの薄っぺらい板に過ぎない。

財布の中身は減っていなかった。もともと二千円と小銭しか入れていない。ポイントカードの類《たぐ》いもなくなっているものはなかった。運転免許証やアパートの鍵が悪用されたかどうかは現時点ではわからない。

(明日か明後日、一旦《いったん》アパートに帰らせてもらおう)

そのためにも速水が帰って来てくれないと困る。朝には戻るだろうか。

蓮は洗い桶に入れた皿と碗で水が弾けるのを見つめた。

うとうとしていると、音もなく襖が開く。

まだ照子が来るには早いはずだ。夜間ベビーシッターの蓮の体調も気遣って、ちゃんと食事をとるようにと起こしてくれるけれど、彼女に頼まれて襖を開けるミツオはもっと傍若無人《ぼうじゃくぶじん》だ。眠っているかもしれない蓮と海翔が起きる可能性も考えない。

その優しくない感じにもすっかり慣れている。

蓮は目を細く開いた。

背が高く肩幅の広い男が立っている。真っ白なワイシャツが闇にまぎれきらずに浮かび上がって見える。明るい光の中にいるときよりも首筋が細く長く感じられる。顎のあたりに疲弊《ひへい》したような翳《かげ》りが揺れていた。

（速水さん）

声に出さすに呼びかける。

帰って来ないと聞いていたが、朝にならないうちにここにいるということは仕事が早く片付いたのだろうか。

（おかえりなさい）

夕食のあと、夜は屋敷に帰って来ていてほしいと考えたことを思い出す。

ちゃんと言葉で「おかえりなさい」と言いたいけれど、眠りにはまりかけた身体はかなり重たくて、唇がうまく動かない。

（おかえりなさい。お疲れさま）

だからというわけではないが、心の中でもう一度繰り返す。

速水には当然届かない。蓮が眠っている前提で、起こさないように動いている。ベビーベッドに近づき、海翔の寝顔を覗き込む。

整った眼差しで我が子を穏やかに見つめているのだろう。睫毛が長い。たぶん、海翔の睫毛の長さは父親譲りだ。亡き母親はもっと長かったかもしれないけれど。

「……海翔」

静かにやわらかく呼びかけて、速水はベッドの中の海翔に触れた。

速水の指先が海翔のどこを撫でたのかはわからない。でも、あれは我が子がいとしくて堪らない親としての動作だ。

「海翔ごめんな。あまり一緒にいられなくて」

速水は驚くほど優しく穏やかに微笑んだ。いつもみたいなふっと力を抜く、笑いきれないような笑い方ではない。海翔を見つめて細められた瞳が柔和だ。

はじめて見る速水だった。

とても良い表情だ。見惚れてしまいそうなくらいに。

「もうすぐ落ち着くから。いい子で待ってて、海翔」

眠っている海翔はなんの反応もしていないと思うけれど、速水の微笑みはまた優しく深くなる。小さな我が子を包み込むように。いとしくて大切だと精一杯伝えるために。

(そうやって、もっと海翔くんに笑いかけてあげてください。速水さん)

蓮は胸の奥から速水に声をかけた。もちろんこれだって届かない。わかっている。でも言葉にしたかった。

(速水さんが忙しくて大変なときは、俺がちゃんと海翔くん見てますから)

そう続けたとき、速水がなにかに気づいたように振り返った。

うっかり声に出してしまったのかと、蓮は慌てて瞼を伏せた。

蓮は寝ている振りを繕って、寝返りを打つ。毛布がずり落ちる。引っ張り上げて顔を隠したいと思ったが、そんな動きをしたら起きているとばれるだろう。

速水はふっと笑って、蓮の傍らに身を屈めた。

「風邪をひくぞ、麻倉蓮」

そうっと毛布を摘んでかけ直しながら、速水が覗き込んでくる気配がある。

海翔に向けたような優しい顔をしてくれているような気がする。もしそうなら見たいけれど、いまさら寝たふりをやめられない。蓮は更に強く瞼を瞑った。

「ベビーシッターが風邪をひいて海翔にうつされたら困るからな」

速水の口から洩れたのはあまり優しくはない言葉だった。


目を瞑って速水が出て行くのを待っている間に本当に眠ってしまったらしい。

飛び起きると、もう速水の姿はなかった。

「夢を見たわけじゃないよな」

速水が引っ張り上げてくれた毛布の端を握り締め、蓮は思わず周囲を見回した。当たり前のことだが、六畳間のどこにも速水の気配はない。

あのあと、速水はどれくらいこの部屋にいたのだろう。海翔は起きて父親の顔を見られただろうか。

蓮は膝立ちでベビーベッドに近づいた。海翔はぱっちりと目を開いて、揺れるモービルを見上げている。

「海翔くん、おはよ」

ふっくらした頬に軽く触れてみる。昨夜、速水は海翔のどこをどんなふうに撫でたのだろうと思いながら。

海翔は「きゃっきゃ」と可愛らしい笑い声をたてて蓮を見つめる。大きな瞳をきらきらとさせて蓮の指先をぎゅっと掴む。涎で濡れていたけれど、まったく気にならない。いまにも壊れてしまいそうなくらいにちっちゃいのに、加わる力はいつも強い。必死になって握ってくる。

それがまた可愛いのだ。

「海翔くんのパパはもうお仕事行っちゃったのかな」

蓮は指を掴む手のひらを剥がし、海翔をゆっくりと抱き上げた。胸にたて抱きにすると海翔がぺたっとやわらかな頬を押し付けてくる。ぱちぱちと蓮の鎖骨の下あたりを小さな手のひらが叩く。握り締める力は強いのに、こんなふうに叩かれるとあまり痛くない。可愛らしい感触がシャツ越しに肌に触れる。

「海翔くんは朝から元気だね」

蓮はお尻を抱え、逆の手で海翔の背中を軽く叩く。海翔が「きゃっ」と笑う。無邪気な声が耳に心地よい。

「おむつ替えようか」

抱えたお尻のあたりがいくらか膨張している。

自分が寝ていた布団の上に海翔を下ろし、ベビーベッドの下から紙おむつとお尻拭きを取り出す。

テーブル脇のごみ箱を引っ張り寄せようとしたとき、重なった育児書の隣に見たことのない細長い箱があるのに気付いた。薄いブルーで花模様が描かれ、金色のシールが貼ってある。

（なんだろ）

蓮は腕を伸ばして箱を掴んだ。あまり重たくはない。かさっとビニールの擦れる音がした。

うさぎと熊が追いかけっこを展開するモービルに手を振りながら、海翔が「きゃっきゃっ」と笑う。ばたばたと振り回す手足が蓮の太腿にぶつかる。もちろん小さな手足に蹴られたり殴られたりしても痛みなど感じない。思わず笑み返してしまう程度の刺激だ。

「ちょっと待っててね」

海翔に優しく声をかけてから、蓮は箱のシールを剥がした。ワンピースタイプの厚めの蓋を開けると、色とりどりのマカロンが五つ入っていた。

茶色、オレンジ、ピンク、若草色、ワインレッド。

マカロンを知っていても食べたことのない蓮には味の想像がつかないが、カラフルな丸みを見ているだけで楽しくなる。お菓子の見た目なんて気にしたことはなかったけれど、環境に変化があり過ぎて、些細《ささい》なことやものが簡単に心の琴線《きんせん》に触れてしまうのだ。

でも、誰が置いたのだろう。

昨日この部屋に入って来たのは、あれが幻でなかったなら速水だけだ。

(でも、まさか速水さんが買ってくるわけ……)

思考が一瞬停止した。

あり得ないことが起きたと思った。

マカロンが入った箱の裏に安っぽい付箋《ふせん》が一枚くっついていた。

《お疲れ。貰《もら》い物でうまいのかは知らない。嫌いなようなら捨てるなり誰かにやるなり、ご自由に。速水》

必要最低限のことだけだ。右上がりで斜めに傾いた文字は達筆《たつぴつ》とは言い難いが、書き慣れていて読みやすい。頭が良い人が書く文字だ。

速水の文字だと言われれば素直に納得できる。

(俺にだけ、おみやげ？)

付箋を撫でながら、蓮は唇を尖らせた。

貰い物なのだとしても、食堂のほうには出さず蓮のところに持ってきてくれたことに驚いたが、素直な気持ちをいえば嬉しい。速水はつかみどころがなくて、良い人なのか悪い人なのかの判断もつけにくいが、独特の魅力がある男だとは思う。

(魅力あるからじゃなくて、気にかけてくれたから嬉しいんだ)

蓮の状況からしたら、他人のどんな優しさでも有難くしみ込むだろうけれど、速水からならより弾《はず》んだ気持ちになる。優しさのすぐあとに意地悪を言われるに違いないとわかっていても。

このはしゃぎまわりたくなるような感覚はいったいなんだろう。

高校時代可愛らしいクラスメイトからバレンタインにチョコレートを貰ったときの気分に似ている。あれはすぐに義理チョコだと判明して、馬鹿みたいに落ち込んだ。速水のこの優しさも同じように蓮を沈没《ちんぼつ》させてしまうかもしれない。

それでも、やはり嬉しい。

蓮は茶色のマカロンを摘《つま》んだ。

海翔を抱っこして食堂へ向かう。

朝食の席に速水はいなかった。エイスケもショウタもミツオも揃っていたけれど、家主だけ姿がない。

「おはようございます」

キッチンに立つ照子が声をかけてくる。

蓮は廊下に立ったままぺこりと頭を下げた。味噌汁の匂いが優しい。今日の具はなんだろう。調子にのってショコラとフランボワーズのマカロンを食べてしまったから、空腹感はないが、味噌汁だけは飲みたい。

「あ、おはよーございまぁす」

ミツオが箸を持った右手を振り回した。すぐに「行儀が悪い」とエイスケがミツオの頭をひっぱたく。ミツオの大袈裟な「いてぇ」という声にショウタがへへっと笑う。この三人は本当に仲が良いというか、息が合っている。力関係はエイスケ、ショウタ、ミツオの順番らしい。

ミツオは相変わらずばさばさの金髪で、ショウタの耳には大きなピアス。エイスケは目がちかちかしそうなストライプのシャツを着ている。エイスケは昨日のような落ち着いた服装が似合うのにもったいない。

照子は例のごとく和服に割烹着だ。

　蓮は速水が用意してくれた紙袋をあさって、ロゴこそは金色で派手に入っているものの黒いTシャツとジーンズにした。他の服は派手だったり奇抜《きばつ》だったりするから、本当に一度アパートに整理に帰らなければ着るものがなくなってしまう。まともそうな三枚を着まわすのでも構わないが、速水家には乾燥機がないから雨天が続くようなことがあったら困る。

「速水さんは？」

「八時前にお出かけになりましたよ」

「早いんですね」

　蓮はゆっくりとダイニングテーブルに歩み寄る。椅子に座るついでに壁掛けの時計を見やると、午前八時二十分。

　よく考えたら早いというほど早くもない。九時始業のサラリーマンならとっくに電車の中にいる時間だ。蓮も会社勤めだった頃――ほんの数日前までのことだが、この時間には既に会社近くの駅にいた。ラッシュに巻き込まれたくなくて、近くのカフェでコーヒーとトーストで朝食をとるようにしていたのだ。

　ただ、速水は夜も遅いから八時前に出たとなるとかなり早朝出勤の印象がある。本当に多忙なのだろう。

「毎日帰りも遅いですよね」

「このところお忙しいみたいですね」

照子はおっとりと笑んで、ぶりの照り焼きとピーマンとじゃこを炒《いた》めたものを蓮の前に並べる。今日も美味しそうな朝ご飯だ。

照子が蓮から海翔を受け取る。海翔は蓮のシャツを握り締めていたから、離されるとき、ちょっとだけぐずった。だが、照子が慣れた動きで優しく揺らしたら、弾けるように笑い声を上げた。

「昨夜も遅かった、です」

蓮が振り返って耳打ちするほどの小声で言うと、照子はさほど驚いた様子もなく頷いた。

「そうですか」

「眠たそうなお顔をしておられましたよ」

昨夜、速水が海翔の顔を見に来たのは何時くらいだったのだろう。あの部屋には時計がない。

あったとしても確かめられる状況ではなかったけれど。

「今日は遠出をすると仰《おっしゃ》っていましたから、またお帰りは遅いかもしれませんね」

「大変ですね」

蓮はつい溜め息をつきそうになる。

人よりたくさん働かなければ人より豊かな暮らしなどできない。速水の多忙の結果は屋敷や車に反映している。贅沢ができ、他人の生活の面倒まで見られるのは速水が有能な男だからだ。

相変わらず正体は不明で、威圧的な言動も多いが、わざわざ『若生連合』に蓮の私物を取り返しに行き、昨夜だって毛布を掛け直してくれた。海翔のことも可愛がっている。きっと悪い人ではない。根っからひどい人間ならエイスケたちもこんなふうに傍にいないだろう。

（良いところを見せたあとに怖いこと言ったりするけど、良い人なんだよね）

優しさと冷たさの割合がわかりにくい人なのだ。どちらも本当の顔で、どちらかを隠すつもりもないから、慣れないと混乱する。

照子は海翔を抱いて食堂を出て行く。折り畳み式のベッドに寝かせて、洗濯でもはじめるのか。

「あ、麻倉さん」

不意にエイスケが、蓮と照子の会話が途切れるのを待って声をかけてくる。

驚いて視線を向けると、既にエイスケは空の食器を重ねているところだった。

「昼間はやっぱりもっと休めって速水さんが言ってましたよ」

「え？」

心のうちを読まれたみたいで、どきっとした。

速水はそんなことを言ってくれたのか。

昨夜、海翔を見つめていた微笑みや蓮に毛布をかけてくれたり、こっそりマカロンを置いておいてくれた優しさを思い出して、また嬉しくなる。なんだか胸がどきどきする。

「頑張り過ぎて大事なときとか必要なときに役に立たないと困るって」

エイスケは静かに立ち上がり、口角をゆるく引き上げた。食器をシンクに運んでいき、食器棚の上に放り出されていた朝刊を手に取った。誰かが読み終えてずれてしまった隅を合わせるようにして新聞のページを捲っている。

（ああ、またこのオチだ）

僅かにでもどきどきしたのが恥ずかしくて、蓮はちょっと俯く。

昨夜も毛布をかけてもらって優しさに期待した直後に、あっさり冷たい言葉を投げられた。マカロンという素敵なおまけはあったけれど、この短時間で二度も速水に振り回されてしまった。

（速水さんからの優しさに飢えてるみたいじゃないか）

速水が窮地《きゅうち》を救ってくれたからとはいえ、なんだかとても恥ずかしい。

「速水さんって言い方良くないスよねぇ」

「ほんっと、素直に麻倉さんが心配だからでいいのに」

エイスケが口にした速水からの伝言に、ミツオとショウタが口々に文句を言う。彼らは上司というか世話になっているはずの速水に対して遠慮がない。本人がいてもいなくても言いたい放題だ。速水もそれを許している。不思議な関係だと思う。

まるで兄弟みたいな。

それでなければ気の置けない幼なじみ。

屈託なくじゃれ合う三人を見ている速水の表情は呆れていたりもするが、基本的には優しい。彼らがそこにいることを心底から許している。

結構羨《うらや》ましい。

蓮は姉とそこまで仲良くはないし、学生時代親しかった友人とも最近はほとんど連絡を取っていない。

「まったくなんなんだろね。あの速水さんのあまのじゃくは」

「昔から全然変わんねぇよね」

「気になる相手にばっか愛想ないの」

ミツオとショウタはまだ皿に残ったおかずをそっちのけで速水談義《だんぎ》に花を咲かせはじめた。文句っぽいけれど、なんだか楽しそうだ。

(あれ、でも、「気になる相手」ってまさか俺のことじゃないよね……?)

さすがにそれは自意識過剰過ぎる。蓮は正直、あまりモテた経験がない。当然意識されるような人間でもなかった。

顔立ちは子どもの頃から確かに整っているとか綺麗だとか言われていたけれど、人は外側だけで人を好きになったりはしないものだ。勉強もスポーツも並みで、特に言動に個性もないとなれば、大勢の中からピックアップしてもらえる要素は皆無に近い。

「露骨に面食いだしね」

「あ～～そうそう。歴代彼女全部美人だよね」

ショウタが箸を持ったままで手を叩く。箸の先についていたのか小葱《こねぎ》が飛んだ。

「だからぁ、まっちがえなく、麻倉さんを雇ったのもそれ」

「俺もそお思うわぁ」

「プロとかベテランとか何人も面接してたのに、結局麻倉さんだもんね」

「えっ？」

ミツオの思いがけない言葉に、蓮は椅子を引きかけた手を止めた。双眸を瞬いて、ミツオとショウタを等分に見やる。

「マジだよ、麻倉さん」

ミツオはにっと笑い、空になった茶碗を手に立ち上がる。ショウタがピーマンとじゃこ炒めをご飯の上に載せてかきこみながら頷く。

「海翔ちゃんのベビーシッターなのに自分の好み重視」

ショウタは口をもごもごさせて言う。

ただの揶揄《やゆ》や冗談だとわかっているのに、肋骨の内側で鼓動が激しくなる。

何万分の一でも速水の「好み」に当てはまっているのだとしたら。

昨夜の海翔に向けていたような柔和な微笑みを蓮に対して見せてくれるいつかがあるかもしれない。とてもとても低い可能性だけれど、意地悪が続いてこない優しい言葉だって聞けるのではあるまいか。

（こんな冗談に期待しちゃ駄目だけど……）

言い聞かせても、言葉として耳にしたら期待する。あんなに端正な人に好かれたら嬉しい。

いや、違う。

本当に速水からの優しさを欲しいと思いはじめているのだ。だから、優しい言葉で浮かれて必ず続く冷たい言葉に凹《へこ》む。他の人に言われても確かに嫌だなとは感じるだろうが、これほどは上下しないに違いない。

エイスケに言われたと想像してみる。ミツオやショウタでも。

ちょっと寂しくはなるだろうけれど、がっくりまではしない。

速水だからだ。速水があの端正な表情で言うから響く。応《こた》える。沈んでしまう。

（これって、好きってこと……？）

自分の気持ちが自分でさえよくわからなくて、激しく引っ掻き回される。優しさが欲しいはイコール好きになって欲しい、なのだろうか。

少ない恋愛経験では判断できない。照らし合わせようとしても混乱するばかりだ。

「これってさ、コーシコンドーとかってやつじゃないの」

炊飯器を開けておかわりをよそうと、ミツオがぺろっと舌を出した。

「意味よくわかってない言葉使うんじゃないよ。馬鹿なんだから」

朝刊を読んでいたエイスケがミツオの頭を叩く。ミツオは痛いとも言わずにふくれっ面《つら》をした。自分の分に続けて、隣の炊飯器から五穀米を別に一杯よそった。

「はい、麻倉さんの分」

ミツオが満面の笑みを浮かべ、当たり前のように蓮の前に五穀米の入った茶碗を置く。

「あ、ああ。ありがとう」

その笑顔に心の奥まで見透かされそうで、蓮は慌てて笑みを取り繕った。

洗濯物を畳む照子の横で腹ばいになって、海翔は音の出るうさぎのぬいぐるみを振り回している。周りにはやはり音の出るくまや犬のぬいぐるみが転がっていた。全部違う音を鳴らすおもちゃだ。

速水が買ってきたものらしい。

蓮は海翔の様子を眺めながら、育児書を捲る。ずっと見ていた月齢五ヶ月から六ヶ月のページから六ヶ月から七ヶ月に進めてみる。

（これくらいからお座りできるようになるんだ）

はじめて開くページには、ふっくらした赤ちゃんが無邪気な笑顔で、お母さん役のモデルの膝の傍で座る写真が載っていた。

海翔は寝返りは得意だが、まだ座ることはできない。

どんな拍子にお座りするようになるのだろう。その瞬間を見てみたい気がする。

（でも、俺が寝ているときだったりするんだろうな）

速水が言った通り海翔は手がかからず、夜しっかり寝てくれるから活発に動き回るのは昼だ。蓮は昼間もなるべく起きているようにしているが、午前か午後にまとめて睡眠を取るから、その間のことはなにも見られない。よく喋るほうだとミツオが言っていたのに、喃語《なんご》を発する海翔にもあまり遭遇していないのだ。

「だあ」

急にばちんと膝を叩かれて、はっとする。

視線を落とすと、おもちゃで遊んでいたはずの海翔がずり這いをして、近づいて来ていた。にこにこしながらまた膝を叩く。

「どうしたの？」

蓮は育児書を畳に置いて、海翔に顔を近づける。それだけのことなのに海翔は無邪気に笑う。丸っこい小さな手が蓮の膝先で爆《は》ぜた。

「ばあ、ばあ」

海翔が意味をなさない声を発して蓮の膝に上ろうとしていた。慣れてはきたが、小さな手のひらの力強さにやはり圧倒されてしまう。真新しい生命力というものだろうか。ときどき支えきれなくてよろける自分がちょっと恥ずかしい。

「海翔くん、もうおもちゃはいいの？」

「だあぁ」

海翔の這って来たあとにはそっぽを向いたうさぎとかひっくり返ったくまとかが転がっている。集中して遊んでいたかと思えば、もともと興味なんかなかったと言わんばかりに放り出すのだ。

蓮は二度ほど飽きたおもちゃを投げつけられたことがある。額にぶつかったときには涙が出るくらい痛かった。

海翔が蓮の膝に貼りついて、手を伸ばしてきた。小さな手のひらが勢いよく蓮の頬に当たる。温かな感触に思わず唇が緩む。蓮は海翔の手のひらをきゅっと掴んだ。

それが嬉しいのか、海翔の笑い声が大きくなった。蓮もつられて笑ってしまう。生命力同様すごいパワーを持っている。会社倒産からの一連の落ち込みも忘れさせてくれそうだ。

（どんなにパワーがあっても借金五千万は消えないけどね）

うっかりそんなことを考えてしまう自分に呆れて、蓮は小さく溜め息をついた。そっと海翔の手を放す。

「麻倉さん、また溜め息なんかついて。駄目だと申し上げましたでしょ」

照子が畳み終えた洗濯物を詰めた籠を抱えて立ち上がりながら笑んだ。

蓮は照子を手伝おうと思ったが、海翔が膝にくっついていて立つことができなかった。照子は「そのままで」と言い残して居間を出て行った。

「……すみません」

そのぴんしゃんとした背中を見送り、蓮はまた漏らしかけた溜め息を飲み込んで、海翔に視線を落とした。海翔は相変わらずににこにこだ。涎で濡れた唇さえも可愛いらしい。

蓮はジーンズのポケットからガーゼのハンカチを引っ張り出して、海翔のぷっくりとした小さな口元を拭ってやる。最初ぎゅうぎゅう拭いてしまい、海翔に思いっきり泣かれたが、いまではご機嫌を損ねずに済ますことができる。たぶん、少し「子育ての能力」も成長している。

口を拭ってもらっている間、おとなしくしていた海翔はハンカチが離れた途端、また蓮の膝をばちばちと叩きはじめた。相当これが気に入ったらしい。蓮の膝の感触が気持ちいいのだろうか。

「ばあ、だああ」

まるで独特のリズムを取るみたいに海翔の小さな手のひらが上下する。ときどき痛いこともあるけれど、楽しげな様子を見ていると、まあいいかと思えた。

海翔が特に大きく右腕を振り上げた。

その手のひらは蓮の膝に落とされることはなく、身体が大きく反転した。

「あっ！　危ないっ！」

支えようと伸ばした蓮の手を掠《かす》めて、海翔のお尻がすとんと畳についた。びっくりしたように目を開き、海翔を見ている。長い睫毛に縁取られた黒目がちの瞳に澄んだ光が揺れていた。

「これって……」

胸が高鳴る。

海翔がお座りをしているところが見たいと思った。その直後にハプニング的なものだとはいえ、望んだ姿が見られるなんて。

（すっごい嬉しい）

なんだか泣いてしまいそうだ。

蓮は畳に両手をつき、海翔と目線を合わせた。にっこり笑い返されて、ますます視界が滲《にじ》みかける。

「うあぁ、だぁだ」

海翔が無邪気に声を上げる。その途端、ころんと横に転がった。

次の反応までに少し間があったから、頭でも打ったのではないかと慌てたが、海翔はまた楽しげに笑いはじめた。自分のつま先を両手で掴んで引っ張っている。

きっと、まだ頭が重たくて、長い時間安定して座っていることはできないのだろう。この様子から見るに、転がったことになんの問題もないと思う。

蓮は海翔の頬をやわらかく撫でた。蓮が「きゃっきゃっ」と明るく笑い声を上げた。


玄関が開く音が、静寂に包まれた屋敷内にいつになく大きく響き渡った。

はっとして、蓮はベビールームの襖を開けた。長い廊下の向こうを見やる。

照子が毎日丁寧に磨き上げている上がり框《かまち》に、紺の太いラインが入った白い紙袋を置いて、速水が靴を脱いでいた。羽織った黒いロングコートの襟を立て、濃い臙脂《えんじ》のマフラーを首に掛けている。速水が動くたびにマフラーがやわらかく揺れる。

それだけで妙にどきどきする。「おかえりなさい」と言いたいのに唇が動かない。

蓮は襖の竪框《たてがまち》を強く掴んだ。敷居で襖ががたつく。

不意に速水が顔を上げた。双眸を細め、蓮の姿を見据える。

「……ただいま」

特に驚くでもなく、速水が言う。蓮は反射的にお辞儀をした。やはり唇は動かないままで、見合った返事を返すことができなかった。

「海翔は寝ているのか？」

速水はマフラーを引き抜くと、紙袋と一纏《ひとまと》めにして持ち上げた。蓮は廊下を歩いてくる速水に向かって小声で「はい」とだけ答えた。やっと出た声だった。

「ふうん」

速水は納得したのかしていないのか、曖昧《あいまい》に頷く。

蓮は一歩廊下へ出た。

「おかえりなさい。お疲れさまです」

一度声が出るとすんなりと望んだ言葉になった。

「ああ……」

速水がまた頷いて、大股でこちらに向かってくる。

海翔の顔を見るのだろう。速水は帰宅できた夜には、どんなに遅くても、眠る海翔を覗くようにしている。

速水がベビールームに入ろうとするのを邪魔しないように、蓮は身体をずらした。裸足の踵《かかと》が敷居を擦った。

速水は当然だと言わんばかりに蓮の脇を通り過ぎる。

「ああ、麻倉蓮」

速水はいまだに蓮をフルネームで呼ぶ。そうでなければ「おまえ」だ。最初は居心地が悪かったが、もうすっかり慣れてしまった。

「はい？」

蓮が振り返ると、上品なデザインのコートに包まれた大きな背中が斜め後ろにあった。その逞しい肩先にどきんとする。ずっと体育会系の部活をしていて、大学も男子が多かったから、長身な奴も身体つきの大きい奴も、肩幅が広い奴だって見慣れていたはずなのに。

速水の背中だけ特別に見えるのはなぜだろう。こんなにも胸が震える。速水からの優しさに飢えていると自覚しはじめているからなのか。

「これ」

速水は振り返らないまま、蓮に紙袋を差し出した。

「え、えと？」

「弁当だ」

「お弁当？」

思いがけない言葉に蓮は首を傾げた。素直に受け取っていいのかと迷う。

紙袋が速水と連の間で頼りなく揺れている。

「事務所で取った仕出しが残ったから持って帰ってきた。ひとつしかない」

「ひとつ……？」

蓮は一層鼓動が震えるのを感じた。この前のマカロンと同じパターンだ。貰い物にしろあまりにしろ、たったひとつしかないものを蓮に渡してくれる。

もちろん、たまたまだとは思う。今夜も帰宅してはじめに顔を合わせたのがエイスケやショウタだったり、ミツオが迎えに出ていたりすれば、彼らのうちの誰かの手に渡っていただろう。蓮に渡してくれることに深い意味などない。

ちゃんとわかっている。

わかっているけれど、偶然が重なったら期待してしまう。

（だって、俺、結構速水さんのこと……）

好きだと認めるのは、たとえ心の中でも恥ずかしかった。自覚したばかりの感情は恥ずかしいばかりでなく、ひどく切なくて息苦しいのだ。

「いらなければ捨てろ。明日の朝になってミツオかショウタにやってしまっても構わない。一晩で腐りそうなものは入っていなかった」

速水は一向に振り返らない。紙袋が揺れる。

「はあ……」

蓮は頷いて、両手で紙袋を受け取った。結構重みがあった。

「鶏肉も入っていない」

「え……っ」

どうして知っているのだろう、と蓮は驚いて、速水の広い背中を見つめた。速水はさっさとベビーベッドに歩み寄って行く。彼の手に残ったマフラーの臙脂色が薄暗がりの中に沈んでいる。

「嫌いなんだろう」

そう言ったときだけ、速水はちらっと蓮を見た。ベビーベッドの柵を軽く掴み、ふっと笑う。

肋骨《ろっこつ》の内側がぴりっと痛んだ。ますます速くなった鼓動が攻撃をしかけてくるみたいだ。足元もふらつく。

「どうして？」

「ミツオから聞いた」

「ああ……でも、嫌いってわけじゃ」

蓮は最後まで言い切らずに唇を止めた。

「脂身がいやなんだろう？」

「そこまで、聞いたんですか」

「俺と同じだとミツオが言っていた」

蓮に向けた笑みを維持したまま、速水は眠る海翔を見つめた。口角は綺麗に引き上がり、眼差しが緩んでいる。

海翔のための微笑み。

本当に優しい。海翔が憎らしくなってしまうくらいに。

「海翔」

やわらかく呼びかけて、海翔を撫でる。昨夜同様、どこに触れているのかはわからない。黒い髪と黒いコート、臙脂色のマフラーは闇に溶けるように沈んでいても、整った横顔はくっきりと見えた。

蓮は切ない痛みを堪えて、紙袋を胸元に抱え込んだ。

「麻倉蓮」

視線は海翔に留めながら、速水はまたフルネームで呼びかけてくる。返事がしばし遅れると、怪訝《けげん》そうに蓮を見た。

「アパートのほうに一度帰るか」

「はい……？」

会社倒産ハプニングから既に一週間帰っていない。速水家でのベビーシッター生活が続く以上、たぶん二度とあの部屋で暮らすことはない。そう遠くないうちに解約する形にはなるだろうが、まずは着替えや身の回りの物だけでも取りに行っておきたいと思っていた。

ある意味わがままなのだから、自分から願い出ねばならなかったのに、速水に気を遣わせてしまった。

「実際の引っ越しには業者を手配してやるが、とりあえず着替えだけでも取ってきたらいい」

「あ、ありがとうございます」

掠れそうになる声で答えて、蓮はぺこりと頭を下げた。


ほぼ一週間ぶりの帰宅だった。

施錠《せじょう》されている手応えを確かめてから、シリンダーにキーを差し込む。ドアを開くとき、階段の下で膝を抱えるようにして座って待っているショウタを見やった。今日はピアスをしていない。

アパートの敷地の前にはスバルの青いレヴォークが停まっている。

いつもならこういうときにはミツオがオーリスを運転するのだろうが、今日は別件で出なければならなかったため、速水が急遽会社の車を一台回してくれたのだ。

そんな手間をかけるのなら、ミツオがいるときでいいのにとも思ったけれど、到底言えるはずもなかった。

ショウタが蓮の視線に気づいて、肩越しに振り仰《あお》いだ。にっと笑顔になる。

「すぐ終わるから」

「いや、いいっスよ。ゆっくりで」

ショウタはひらひらと手を振った。声になりきらない声で「ありがとう」と返して、部屋に入った。

換気《かんき》をまったくしていなかったから、かなり埃《ほこり》っぽい。

六畳の和室に二畳ほどのキッチンとユニットバス。

特に狭くはないし不便でもないと選んだ部屋だったが、速水の屋敷で生活したあとではかなり窮屈に感じられた。

（速水さんの家がでか過ぎるんだけどね）

蓮はひとつ思いきり息を吐くと、まず冷蔵庫を開けた。自炊はほぼしていなかったけれど、それなりに買い置きの食材がある。冷蔵庫に入れてあってもそろそろ賞味期限切れだろう。次にいつ戻れるかわからないから、もったいないけれど全部始末してしまわなければならない。

キッチンの抽斗《ひきだし》からごみ袋を引っ張り出して、中にあったキャベツ、もやし、卵、五百ミリリットルの牛乳、バターなどを次々と投げ入れた。

最上段の棚に並んでいた缶ビール二本と缶酎《かんちゅう》ハイ一本を掴み、床に並べる。飲んでいる余裕はないし、捨ててしまおうかと思ったが、保存の効くこれこそ捨てるのはもったいない。

(ミツオくんたちが飲むかもしれないよね)

蓮は自分の考えに頷いて、三本の缶は玄関に移動した。

ゴミ袋の口をきつく結んでから、押し入れにあった大型のトートバッグに、洗濯してハンガーピンチにぶらさがったままだった靴下や下着、タオルを適当に丸めて入れ、クローゼットから出したシャツを数枚、ジーンズを二本押し込む。

「あとは……」

バッグの持ち手を片方だけ持って、蓮はベッド、クローゼット、テレビ、ミニテーブルで占領された狭い空間を見回した。

枕元に転がっていたスマートフォンの充電器、読みかけでカバーの外れた文庫本、書店の袋に入ったままの数冊の本、テレビ台代わりのカラーボックスを探って通帳と印鑑、キャッシュカードを無造作に突っ込んだ。

トートバッグはそんなに重くならない。

でも、とりあえず必要なのはこの程度だ。

(生きていくのにそんなに物はいらないんだ)

なんて無駄に抱《かか》えていたのだろう。以前の蓮ならこんなとき、あれもこれもと欲張って、結局は段ボール数個の荷物を運び出していたに違いない。

けれど、いまはなにも欲しいと思わない。

速水家では、この部屋と同じ六畳間が与えられているが、空間を埋めてしまうほどの物はいらなかった。スマートフォンだって、まったく使っていない。会社に勤めていた頃にはLINEだのネットニュースだのとサーフィンしまくっていたのに。

そういえば、速水家にはテレビやラジオがない。パソコンも見かけない。見た目がいまどき風のミツオやショウタがひっきりなしにスマートフォンを弄《いじ》っていることもなかった。

猛スピードで流れていく情報をあえて拾おうとはしていないのだ。それでも不満そうではないし、不自由な様子も見せていない。速水もエイスケも新聞を読んでいた。

そんな速水家の流れに混じってしまえば、蓮自身も秒速で移り変わっていく時代に負けたくないとばかりに、最新情報を追いかけなくていいと思える。あの氾濫《はんらん》した情報群も必要なものではなかったのだ。アナログな媒体《ばいたい》が与えてくれる範囲で充分だった。

（もういろいろ欲しくなったりしないいんだろうな）

そう思った途端、速水の端正な眼差しが脳裏をよぎった。

びくっとした。鼓動が爆ぜて速くなる。

どうしてこのタイミングで速水を思い出すのだろう。

（た、確かに、俺は速水さんのこと……）

やはり、「好き」という言葉を浮かべる前に照れくさくてたまらなくなった。鼓動が異様に速くなっている。

「……まいったな」

喘《あえ》ぐように呟いて、蓮は慌ただしく深呼吸を繰り返した。胸の高鳴りは静まらないけれど、照れだけはいくらかおさまってきた。

蓮はバッグを肩に掛け、ゴミ袋と缶三本を持って部屋を出た。

すぐにショウタが気づき、耳に宛てていたスマートフォンの向こう側に「終わりました」とだけ告げて通話を切った。スマートフォンをジーンズの尻ポケットに押し込みながら、階段を駆け上がってくる。

「持ちます」

蓮が肩に掛けたバッグの持ち手を掴もうとする。

「重たくないからだいじょうぶ」

蓮はさっと身を躱して薄く笑んで見せた。

「誰に電話？」

「あ、ああ。速水さん」

ショウタはさらっと答えて、今度は蓮がぶら下げていたゴミ袋に手を伸ばす。

「じゃあ、そっちの渡してください」

「こっちも平気」

答えつつ、アパートでの蓮の動向を逐一《ちくいち》、速水に報告することになっていたのか、と思った。いまの蓮は速水からすれば逃がせない「借金の抵当」なのだから、当然といえば当然かもしれない。

蓮に逃げ出すつもりがないことは、速水にはきっと理解されていない。出逢ったばかりで信頼関係などできあがってはいないのだ。

(これから作るものなのかな。そういう関係も)

蓮は微かな溜め息を漏らした。

「少し手伝いますって」

「気にしなくていいよ」

蓮の手助けをしようとしているショウタには申し訳ないけれど、ここまで運転してくれただけで充分だ。本来の仕事から外れたことだし、速水の屋敷から蓮のアパートまでは軽く四十分はかかった。一方通行が多い上に道も混むから、運転はさぞかし疲れたことだろう。

「あ、じゃあ、これ持って」

蓮は抱えていた缶ビールと缶酎ハイをショウタに差し出した。まさかこんなものを渡されるとは思ってもいなかったのだろう。ショウタはきょとんとして、三本の缶と蓮の顔を見比べた。

「なんスか、これ」

「缶ビールと缶酎ハイ」

「それは見ればわかるっスけど」

ショウタが戸惑っている。手の中の冷たい缶をどうしていいかわからない感じだ。

「飲むだろ？」

「まあ、好きっスけど」

「だったら、どうぞ。遠くまで送ってくれたお礼。冷蔵庫に残ってたやつだから手抜きみたいでごめんね」

蓮は先刻よりも強めに微笑んで、ドアに施錠した。


「おはようございます。風呂借ります。海翔くんお願いします」

朝食の支度をしている照子の背中に声をかけて、蓮は着替えのスエットとバスタオルを手に風呂場に向かった。

昨夜、ミツオもショウタも帰りが遅く、エイスケも慌ただしく電話などをしていて、海翔を短時間でも頼む余裕がなかったから入りそびれてしまった。

玄関から長く伸びた廊下の突き当たりにある風呂場は、優に六畳はある広さで、浴槽も白と灰色が市松模様を描く床も腰壁も、すべてが大理石だった。

たっぷりと湯を湛えた浴槽は大人が二、三人並んで入っても充分両脚を伸ばすことができる。

肩まで浸かって、手足を摩《こす》るように揉みほぐす。そんなに疲れてはいないつもりだけれど、ふわっと身体が伸びる感覚がある。肌が温まるといろいろ表に出るのかもしれない。

蓮は安堵の息を漏らして、後ろの壁に後頭部を預けた。

「俺、いま一日何時間起きてるんだろ」

昨日は八時に寝て十一時に起きた。小刻みに二時間ほど仮眠もしたが、海翔が泣いたらいつでも起きられるようにと意識しているから、思考まで休んでいるわけではない。特に眠気もないけれど、もう少し眠るようにしたほうがいい。いまはまだ気が張り詰めているだけで、続けばきっとダウンしてしまう。

そんなことになったら迷惑をかける。五千万の負債以上のものを速水に背負わせてはいけない。なによりも海翔が可哀想だ。

「でもなぁ、昼間明るいときに布団にいるのいやなんだよなぁ。怠《なま》け者みたいで」

蓮は更に大きく天井を振り仰いで、ひとつ大きく溜め息を吐いた。

明かり取りの窓から差し込む澄んだ朝の光が、真っ白な天井をやわらかく清めている。身体が緩んだせいなのか、ほのかな眠気を感じる。

蓮はばちんと頬を叩いて、気持ちを引き締めて立ち上がった。肌に絡みついていた湯が滴《したた》り落ちた。緩んで伸びた膝にうまく力が入らないような気がした。昼夜逆転の生活でだいぶ身体が鈍《なま》っている。

蓮は素早く髪と身体を洗い終えると、追い炊き装置の電源を切るかどうか迷った。

速水家ではほぼ二十四時間風呂が沸いている。いつ帰宅するかわからない多忙の家主のためらしい。

今日はもう帰ってきているのだろうか。少なくとも食堂に姿はなかった。

(勝手に切らないほうがいいか)

湯の温度が表示されたままの追い炊き装置から視線を外すと、蓮は濡れた髪を無造作にかきあげて風呂場から出た。ランドリーワゴンに置いておいたバスタオルを掴み、まず髪を拭《ぬぐ》おうとした。

その瞬間だった。

脱衣所の引き戸が勢いよく開いた。

(え……っ)

びくっとして振り返る。

引き戸の取っ手に手をかけたまま、驚きに目を見開いて速水が立っていた。緩めたネクタイが揺れ、ボタンを三つほど外したワイシャツから滑らかな肌が見える。

「あ、あ……」

蓮の声が上擦《うわず》る。

速水の表情が驚きから躊躇《ためら》いに切り替わった。蓮の濡れた全身を上から下まで眺めて、ひとつ瞬いて、ごくりと唾《つば》を飲み込む。

「あ、あの……」

速水に見られている居心地の悪さに目を逸らし、蓮は素早く腰にバスタオルを巻いた。髪に溜まった雫《しずく》がこめかみから頬へ伝う。

「あ、すまん。入っているとは思わなかった」

速水が低く呟く。

「……いえ」

蓮は思いきり頭を左右に振った。

その流れで顔を上げると、速水はまだ戸口に立って、蓮の姿を見つめていた。視線は首筋と下腹部を往復しているように思えた。

（なに、それ……なにを確かめてる？）

蓮はバスタオルを更にきつく巻きつける。顎へ流れた水滴が手の甲に落ちた。

「おまえ、ちゃんと男だったんだな」

「う、は……ぁっ」

想像もしなかった言葉に蓮はいびつな声を上げてしまった。飛び出してしまった動揺が静まらない。

「ミツオがおかしなことを言い出したから、ちょっとな」

速水が躊躇いに引き摺られたような笑みを過らせる。その表情に、蓮はひどく落ち着かない羞恥を覚えた。同性に裸を見られるのなんて慣れていたはずなのに。

「うわあ、あああああっ」

気がつくと、とんでもない悲鳴をあげていた。恐怖などないつもりだったけれど、突然湧き上がった不安と羞恥で止まらなくなった。

「は？」

速水がびっくりした顔をして、一歩廊下に退いた。速水との距離ができても悲鳴は止まらなかった。

「ちょ、ちょっと、落ち着け、麻倉蓮！　麻倉！」

速水が慌てている。うっかり風呂場の引き戸を開けて、男同士なのに悲鳴を上げられるなんて思わなかったのだろう。

当然のことだ。蓮自身なんでこんな状態に陥《おちい》っているのかわからずにいる。

「蓮！　麻倉蓮！　落ち着けっ、落ち着けって！　閉めるから！」

速水は口調を乱し、慌ただしく引き戸を閉ざした。かたんと引き戸が柱にぶつかる。

その跳ねるような戸の閉まり方に、蓮はひくっと喘《あえ》ぐように咽喉《のど》を鳴らした。悲鳴がゆっくりと萎《しぼ》んでいく。悲鳴がおさまっても咽喉は震え、鼓動が痛いほどに速い。

（俺……なんでこんなに動揺してるんだろう。裸見られたくらいで。女みたいに……）

蓮は手のひらで胸を押さえつけた。腰に巻いたバスタオルがはらりと落ちる。まだ濡れた髪からひっきりなしに水滴が肌を伝う。

「麻倉さんっ！」

「どうしたんですかっ、麻倉さんっ！」

閉ざされた戸の向こう側で、ばたばたと足音が響いた。ショウタとミツオの声が聞こえる。

「麻倉さん、だいじょうぶで、す……な、なにやってんスか、速水さん」

唖然としたような声はショウタのものだ。

「なにやってるんですか、あんた」

妙に冷静なエイスケの声が続いた。

「普通覗きます？　風呂場」

「覗いたわけでは……」

「覗いたんじゃなければ、麻倉さんは悲鳴あげないでしょうが」

「いや。そんなつもりは」

速水が結構押され気味だ。

「速水さん、サイテーっ！」

いきなりミツオが大きな声を上げた。

「美人だからって風呂場で襲おうするとかマジでサイテーっ！　サイテー過ぎっ！」

ミツオはいつもよりも甲高《かんだか》い声で「サイテー」を繰り返している。速水に反論の余地を与えない素早さだ。

「ほんとガチ、サイテーですわ」

ショウタもミツオに賛同した。速水はまだ驚きを消せていないのか、はっきりとは言い返せない。「いや」とか「違う」とか程度の細切れの言葉が漏れ聞こえるばかりだ。

「あのね、速水さん」

わーわー言っていたミツオとショウタも、エイスケが話しはじめるとぴたっと言葉を止めた。自分たちが大騒ぎするよりエイスケが冷静に問い詰めるほうが、速水には効果があるとわかっているのだろう。

「な、なんだ」

速水の語尾に僅かな動揺の残滓《ざんし》が歪《ゆが》む。

「姐《あね》さんが亡くなって五ヶ月。あんた変なとこで真面目だから、欲求不満なのはよくわかります。でも、いくらなんでもこういうのは良くない」

「はあ？」

「溜まってんなら、そういう店に行ってください。あんたならいくらでもいいとこわかるでしょうが」

「おまえ……」

エイスケのあまりに整然とした口調に、速水が億劫《おっくう》そうな溜め息を吐く。

「どうして俺が男に欲情する？」

「ときどきあんたはわかんないから」

「馬鹿なことを言うな」

速水はこれ以上ないほど低い声で吐き捨てると、廊下を歩き去って行った。

「速水さん！」と口々に呼びながら、エイスケとショウタがそのあとを追いかけて行く。

遠ざかる幾つもの足音にひどく安堵して、蓮は全身の力が抜けるように崩れ落ちた。

（あ、そうだった。速水さん、奥さんを亡くしているんだ……）

ふっとエイスケの言葉も思い出す。

（奥さん、海翔くんの可愛いところどれくらい見られたんだろう。産んですぐって言ってたけど抱き締められたのかな）

でも、どうして亡くなったのだろう。病気か事故か。生まれたばかりの我が子を残して逝くなんて、どれだけ気がかりだったことか。

「ほんとに俺考えが浅くて駄目だな」

大きな溜め息を落とし、蓮は濡れた髪をかきあげた。

その瞬間、もうひとつ思い出した。

（……そういえば、姐《あね》さんって言った？）

髪を押さえる指が止まる。

（あれって、速水さんの奥さんのことだよな。姐さん？　速水さんの奥さんに姐さん？　その呼び方って……あれ、もしかして速水さんって、ヤクザ……？）

蓮はぽたぽたと膝に落ちる髪の先からの雫を見つめる。

（ヤクザ……だから、『若生連合』と簡単に話をつけられた？）

背筋がぞくりと粟立つ。ヤクザから逃げて、そうとは知らずにヤクザに助けられ、信用してベビーシッターをしていたのかもしれないと考えるだけで震えが止まらなくなる。

もし本当に速水がヤクザなら、蓮の状況はなにも改善されていない。ベビーシッターを続けるだけで借金を返済できるとの「飴《あめ》」を投げ寄越してくれているけれど、安心させておいて、ある日突然『若生連合』のチンピラたちが口にした「風俗」や「内臓売り」という「鞭《むち》」を打たれるのではないか。

エイスケが速水は風俗に顔がきくような言い方もしていたはずだ。

（……ヤクザ）

どんな仕事をしているのかわからないのに、広い屋敷と高級車を維持する得体の知れなさもヤクザだからとしたら、なんとなく辻褄《つじつま》が合うような気がする。もちろん、蓮が抱いているヤクザのイメージなんて映画やドラマなどの作りものから派生しているに過ぎないが、その中にいる彼らは大抵が派手に大金を動かし、大きな車に乗り、醜《みにく》く覇権《はけん》争いを繰り返していた。会長と呼ばれる人物だって登場してきた。

環境も持っているものも鋭く尖った雰囲気も、見事に速水だ。

（……もしそうなら、信頼関係なんかまったく意味がない）

蓮は濡れた膝を軽く叩いた。

布団の中で、眠れずに二転三転する。

（駄目だ。ちっとも眠くならない）

瞼を閉じると、蓮の身体を上から下まで往復していた速水の目を思い出す。同性の視線に怯《おび》えて悲鳴をあげてしまった自分に改めて恥ずかしくなる。

そして、エイスケが言った「姐さん」という言葉。

あの言葉がひっかかる。

（勘違いかもしれないし、聞き間違いかもしれないし……でも）

本当にヤクザだったらどうしよう。五千万の肩代わりだって、どこまで本当かわかったものではない。

「……まいったな」

蓮は頭のてっぺんまで布団を被った。

(ヤクザかどうかなんて、どう確かめたらいいんだよ。ネットで検索したら出たりする?ヤクザ一覧とか……ないよなぁ)

力ない溜め息が漏れる。

その途端、ぼやっとした闇に包み込まれて、また脱衣所での光景が鮮《あざ》やかに再生された。蓮の首筋から下腹部を眺めたあと、戸惑うように笑っていた速水。緩められたネクタイ、ボタンを外した襟元から見えた肌。エイスケの声。

すべてが最後の悲鳴という羞恥に繋がっていく。何度思い出しても、やはり情けない。

蓮はもう一度寝返りを打ち、うつ伏せになった。ずれた布団を更にかぶり直す。また掠れた溜め息が漏れた。

あの響き渡ったに違いない悲鳴だけでも相当恥ずかしいのに、速水がヤクザかもしれないという不安。不信。

同じ屋根の下で暮らしているのだから、顔を合わせずに生活することはできない。避けるにも限界がある。

肩代わりしてもらったものを無視するなんて不義理はしたくないし、したところですぐに見つかって連れ戻されるに違いない。そうなればいまみたいに悠長な債権回収の形式にはなるまい。本当に「鞭」がくる。

「あ～～もお、どうすんだよ、俺」

蓮は頭を抱え込んだ。また速水の視線と肌が過る。

そんな状況じゃないのに。

恥ずかしさをリピートするよりも考えねばならないことがある。

それなのに、速水の眼差しを思い出すとどきどきしてしまう。なんだか切ないような感覚だった。いまの状況にそぐわない。

でも、どうしても鼓動が速くなるのだ。

（俺の反応なんか間違ってるぞ。前は速水さんに優しくされたいみたいなこと思ったりしたし。相手は正体不明で……もしかしたらヤクザかも）

そこまで想像したら、どうしようもなく胸が苦しくなった。喘ぐみたいに呼吸をした。

不意にぎゅるるっと腹が鳴った。

速水だけでなく、風呂場騒動の現場に居合わせた皆と会うのが気まずくて、朝食の席についていない。

でも、あれから三時間は経っている。速水が出かけるらしきエンジン音も聞こえた。皆、日常のルーティンの中であんな騒動は薄れてしまっているに違いない。

（家に残ってるの、照子さんだけならいいんだけど）

照子は唯一、あの場にいなかった。もともと深入りしない態度で接してくるし、あの人とならきっと普通に顔を合わせられる。

いや、蓮が気にしなければ、照れた素振りさえ見せなければ、誰が相手でもどうってことはないのだろう。

(俺が引き摺り過ぎなんだよな、きっと。男同士なんだし)

蓮は布団の中で思いきり髪を掻き毟《むし》った。

更にぐるんと身体を反転させて、蓮は乱れた布団から天井を見上げた。消えた蛍光灯《けいこうとう》をじいっと見つめる。布団の縁を強く掴み、口元まで引っ張り上げた。

また腹の虫が鳴る。体内からの主張ほど空腹は感じていない。

(でもなぁ。照子さん、俺の分作ってくれてるだろうし、無駄にしちゃ駄目だよな)

よしっとばかりに反動をつけて身体を起こす。布団を畳み、立ち上がって着替えていると、赤ちゃんの泣き声が聞こえた。

「海翔くん？」

寝癖《ねぐせ》を直さずに早足で部屋を出る。ベビールームの様子をうかがってみたけれど、既にベッドは空っぽになっていた。

(もう照子さんが連れて行っちゃってるよな)

夜間ベビーシッターの仕事は終了しているということだ。どんなに海翔が泣いても、これから数時間は照子に任せればいい。

そう頭ではわかっていても、実際に泣いている声を聞いたらじっとしてはいられない。不安で仕方がないのだ。照子はベテランで、それも速水の子どもの頃すら知っているくらいなのだから、蓮が心配するようなことはなにもない。

いや、そうじゃない。

照子がどうこうではないのだ。蓮自身が海翔と離れたくなくなっている。ぷくぷくとした手足や頬、無邪気な笑顔、甘いミルクの匂い。海翔が持つすべてのものが愛しくて、瞬きするのさえ惜しい。

廊下を歩いているうちに泣き声が収まった。

（あ、泣き止んじゃった）

照子があやしているのだろうから、泣き止んで当然なのに、なんとなく残念な気持ちになる。ちょっと構いたかった。

食堂を覗いて、びくっとした。

速水とエイスケがなにごとか話し込んでいた。速水はいまだ性格的なものはよくわからないけれど、優しい人だと思っているエイスケまで眉間に皺を寄せている。

（……いたんだ）

もう出かけたと思ったのに。

さっきのエンジン音はなんだったんだろう。

引き返そうとしたが、向き合いの椅子に座っていたエイスケに気づかれた。今日は臙脂と黒のストライプ柄のシャツを着ている。手前に座る速水が淡いブルーのワイシャツだから、かなりの落差だ。

「麻倉さん、飯食います？」

ぱっと笑顔になって、エイスケが腰を浮かした。それに気づいて、速水が振り返る。思いきり目が合って、蓮はぞくっとする。

鋭く尖った眼光が氷の刃みたいに突き刺さる。人の視線を痛いと感じたのははじめてだ。

慌てて顔を逸らしたものの、鼓動は飛び出してしまいそうなくらいに速い。

（この人の正体……）

確認しようのない不安が改めて過る。

速水がヤクザだとしたら傍にいるエイスケたちも照子も似たような種類の人間たちなのだろう。もし聞き違いなどでないのなら、なんとか離れる手段を考えたほうがいい。

（借金返さないといけないから無関係にはなれないけど……あ、そうか。ここから離れたら海翔くんとも会えなくなるんだ）

不安に寂しさが折り重なった。海翔のまるっこい手足や小さな手のひら、まろやかな頬、ミルクの匂い。速水の正体が想像通りだったとしても、それらすべてが近くに感じられなくなってしまうのはつらい。

だからといって、速水の正体が想像通りなら、この屋敷に住み込み続ける度胸《どきょう》はない。だって映画やドラマの中ではヤクザに抗争《こうそう》はつきもので、常に血の匂いがしていて、乱暴で殺伐《さつばつ》としていて。

（……ここにいて、そんな気配は一度もない。あえて言うなら速水さんの目つきが怖いってことくらい）

でも、雇い主の妻を「姐さん」だなんて、普通は言わないはずだ。本人が健在《けんざい》で冗談交じりでならともかく、速水の妻は亡くなっている。悪ふざけの入り込む余地はない。

やはり、速水はヤクザなのか。

――考えれば考えるほど混乱して、わけがわからなくなる。本人かエイスケに訊けてしまえば一番いいのだろうけれど、質問すること自体勇気がいる。

「寝たのか」

「はい？」

いろいろ考え過ぎていて、質問の意図が一瞬わからなかった。思わず顔が速水に戻ってしまう。でも、目が合うのは怖くて、視線がふらつく。

「寝られたのかと聞いている」

速水の声が少し苛々《いらいら》しているような気がした。蓮がはっきりしないからだろうか。

「え、ああ。まあ、少し」

「ならいい。睡眠不足のベビーシッターに我が子を預けることほど不安なことはないからな」

素っ気なく言い捨てて、速水が立ち上がる。

食堂の入り口に立ち竦んでいる蓮の脇を大きく避けて廊下に出て行く。蓮は視線がぶつからないように気をつけながら速水を追う。姿勢の良い長身が今日はひどく胸に沁《し》みる。いつにもまして素っ気なくも見えた。

「エイスケ」

階段のほうへ脚を向けかけて、速水がちらりと食堂に視線を戻した。近くにいる蓮を通り過ぎ、キッチンに立つエイスケを見ている。人差し指でエイスケにこちらへ来るように指示する。ラップのかかったおかずの皿を片手にエイスケが速水に近づいた。

動けずにいる蓮からふたりで離れ、廊下の隅へ向かう。小声で話している様子が妙に切迫していて、蓮は余計に動けなくなった。テーブルを挟んで向かい合っていたときよりも緊張感がある。

なにかあったのだろうか。

「……わかりました」

エイスケが渋々《しぶしぶ》頷く。速水はそれを確認すると、やはり蓮のほうを見ようとはせずにその場を離れていく。階段を駆け上がる軋《きし》みが鋭く伝わってきた。

「お待たせしちゃってすみません」

おかずの皿を持ったエイスケがとってつけたような笑顔で戻ってくる。

「速水さん、今日休み？」

「休みって言うか」

おかずの皿を電子レンジに入れながら、エイスケが何故か困ったように首を傾げる。

「仕事、なにしてるんだろ」

単刀直入に「ヤクザなのか」なんて質問が出来るはずもなくて、蓮は何気ない口調で訊いてみた。

「速水さんですか？」

「そう」

蓮が頷くのを確かめるみたいにエイスケがこちらを見た。困った顔が張りついたままだ。

「聞いてないんです？」

「聞くチャンスがなくて」

「ああ……」

エイスケが曖昧に頷く。彼が口を開こうとしたとき、海翔を抱いた照子が現れた。蓮に気づき、特に表情も変えずに「おはようございます」とだけ告げる。蓮もくすんだ紺色の帯を結んだ背中に挨拶を返す。

「あ、麻倉さん」

海翔を折り畳み式のベッドに寝かせながら、照子が思い出したみたいに呼びかけてきた。照子は年齢的なものを思えば実によく通る曇りのない声をしている。

「わたくし、少し行かねばならないところがございますので、海翔さんを見ていていただけますか？」

「はい。もちろん」

「お昼ご飯には戻れませんけれど、だいじょうぶですか？」

きゃっきゃと笑い声をあげて、ベッドの中の海翔が照子に手を伸ばしていた。照子は慣れたように頬を突く。更に嬉しそうに海翔が笑う。照子の指をぎゅっと掴む。

離れた場所から見ていてもまるっこい手に力がこもるのがわかる。まるでおもちゃみたいな小さな爪は艶やかなピンクだ。一度自分の爪と並べてみたら、六分の一にも満たないサイズだった。あまりに可愛らしくて、たとえでもなんでもなくきゅんとした。古臭い歌詞くらいにしか存在しないだろうと思っていた感覚がリアルに迫ってきて、ひどく落ち着かなくなったものだ。

あのときの鳩尾《みぞおち》から下腹部にかけて奔《はし》り抜けた疼きは、今でも鮮烈に覚えている。

この子と離れるなんて考えたくない。傍にいたい。抱き締めて、甘いミルクの匂いのする丸い頬に頬ずりしたい。

（でも……）

速水の正体がどうしても気になってしまう。

「速水さんのお昼ご飯は？」

「旦那さまはご自分で作れますから。とってもお上手ですよ」

照子がゆったりと笑った。傍にいたエイスケもつられて笑っている。速水が料理をするというのがそんなに可笑《おか》しいのだろうか。

確かに、あの端正で少々冷淡にも見える男がキッチンに立つ姿というのは想像しにくいけれど。

（おかしくはない……いや、速水さんにエプロンとかはさすがに）

脳裏に浮かんだ絶妙にアンバランスな想像に吹き出しそうになって、蓮は慌てて口元を押さえた。

「麻倉さんも作っていただくとよろしいですわ」

「いえ。俺も自分の分くらいなら」

「でしたら、海翔さんの離乳食もお願いできますかしら」

照子は指を握り締めている海翔の丸い手をゆったりと揺らし、いかにも良いことを思いついたとばかりに言い出した。

海翔は「だあだあ」と無邪気な喃語を喋っては、照子の指を自分の口元に持っていく。もにゅもにゅと唇を蠢かせて皺っぽい指をしゃぶった。透明な涎が上等なシルクの糸のようだ。

「え、えっと、えっ？　り、にゅう、しょく？」

速水家での生活ですっかり耳に馴染んだ言葉なのに、理解するのに、不思議なくらい時間がかかった。

「りにゅうしょくって、赤ちゃんのご飯のことですよね」

「ですから、海翔さんのと申し上げましたよ。わたくし」

蓮の反応に驚いたのか、照子が訝《いぶか》しそうにこちらを見た。

「作り方は冷蔵庫に貼っておきます。炒飯を作るより簡単ですよ」

「それなら、なんとかなると思います」

「お願いいたしますね」

照子が当然と言わんばかりの笑みを浮かべ、ベッドの傍から離れた。

照子はエイスケの運転で出かけて行ってしまった。この屋敷に速水と海翔とともに残されるのかと思うと緊張する。

海翔とふたりならいい。問題は速水だ。

いや、ちょっと違う。あの風呂場での騒動がなければ、速水がヤクザかもしれないという不安がなければ、彼と残されてもさほど動揺も困惑もなかっただろう。雇用関係にある以上、気楽な会話はできないだろうけれど。

実際、同じ屋根の下で暮らすようになって、ただの一度も楽な気持ちで端正な顔を見たことも、低く響く声を受け止めたこともない。返事はいつもたどたどしく、自信なさげなものになってしまう。

本来の蓮は体育会系で明朗快活《めいろうかいかつ》なほうだ。学生生活の中でも社会人になってからもはきはきとした物言いを心掛けてきた。まだ仕事が完璧ではない分を元気なやる気で補っていた。

それなのに、速水の前ではもともとの性格が一切表に出ない。環境や状況が人を作ると言うけれど、先の見えない苦境に陥り、多額の借金が肩にのしかかったことで、すっかり萎《しお》れてしまったようだ。

自分らしくない。本当にらしくないけれど、うまくもとに戻せない。

「……まいったよね、こういうのもさ」

蓮はひとつ微かに溜め息をつく。

すやすやと眠る海翔のふっくらした顔を改めて眺めてから、蓮は足音を忍ばせて冷蔵庫に歩み寄った。

花形のマグネットで留めたB5サイズの紙に『七倍粥、じゃがいもとほうれん草のサラダ、ささみグラタン』と書いてある。材料も作り方も簡潔な箇条書きになっていてわかりやすい。

蓮は指先で照子の文字を辿《たど》る。

「この程度なら俺でも確かに作れそうだな」

「なにが作れそうなんだ？」

前触れもなく、本当に廊下の軋みもなく、唐突に声だけが聞こえたような感覚だった。ぎょっとして振り返る。

わかっていたことだが、速水が立っていた。いま他にこの屋敷にはいないのだから当然だ。違う誰かがいたら心臓に悪い。

薄手のセーターにジーンズ姿。髪が僅かに乱れている。更にメタルフレームの眼鏡までかけている。

はじめて見る普段着の速水だった。

速水だって自宅でくつろぐならこんな恰好もするだろう。スーツにネクタイでは臨戦態勢が続いていて、気も休まらないに違いない。

「え、えと……」

どうしてなのか、すぐに離乳食という言葉が出てこなくて、蓮は照子の残した文字と速水の顔を見比べた。

「麻倉蓮は会話が苦手なのか？」

「は？」

「俺が話しかけると、大抵余計な『えと』やら『は？』やらが入る。結構苛《いら》つく」

速水は億劫そうに眼鏡を外し、こめかみのあたりを親指で揉みはじめた。大きな手のひらが目元を覆うような形になっていた。

鋭い目許が隠れているせいで、速水がいつもより頼りなく見える。不思議なものだ。なんとなく予感はしていたが、蓮は速水を苛つかせていたらしい。自分でもぐずぐずしていると思うのだから、速水のようないかにも「できる男」にはさぞかし鬱陶《うっとう》しく思えることだろう。

蓮は「すみません」と小さく呟いた。表情も仕草も変わっていないから、たぶん速水には届いていないだろう。

「それで？」

「はい？」

「はい？　じゃない。なにを作れると言っていたのかと聞いている」

速水が尖った早口になる。手のひらはまだ目許を覆い隠し、親指がこめかみを揉み続けている。

「……海翔くんのご飯、です」

離乳食でいいのに、蓮はわざわざ回りくどい言い方をしてしまった。速水が目許から手を外した。

「海翔のご飯？」

「そうです。離乳食」

「なぜ、おまえが？」

速水の目つきが鋭くなる。冴えた瞳に冷たい光が過って、蓮は咄嗟に顔を背けた。怖いと思った。速水の眼光だけでなく、変に速く苦しくなる鼓動に追い立てられていく。

「照子さんが、あの……出かけなきゃならない用事があって、エイスケさんが一緒に行ったから」

容赦なく追い詰められる感覚に、蓮は声が上擦るのを感じた。まったくもって情けない。風呂場騒動以前に、速水と対峙する自分がすべてみっともない。

「出かけ……ああ」

速水は言いかけて気づいたように言葉を切り、静かに頷く。ゆっくりと眼鏡を掛け直す。

「俺がやる」

「は？」

「『は？』じゃない。俺が作ると言ったんだ」

「離乳食を、ですか？」

　蓮はますます気が抜けたような声を発し、眼鏡姿の速水を見やった。光の屈折具合で伊達《だて》眼鏡などではないとわかる。相当度数がきつそうだ。レンズの奥の眼光が、蓮の注視を拒むみたいに細められた。

　どきんとした。

　鼓動が一層激しく速度を増した。

「なにか文句でもあるのか」

「い、いえ」

　蓮がぶるぶると頭を横に振る様子にふっと冷めた笑いを漏らし、速水は冷蔵庫のほうへ歩み寄って来る。蓮の肩を押し退け、照子のレシピメモを引き剥がす。花の形をしたマグネットが飛んだ。

　蓮はぎくしゃくと身を屈めて、折り畳み式ベッドの足元に落ちたマグネットを拾った。ついでにベッドの中を覗く。蓮の困惑やみっともなさを知るはずもなく、海翔はすやすやと眠っている。くふうっと漏れた寝息がひどく可愛い。ミルクの甘ったるい匂いがした。思わず頬が緩みそうになって、蓮は慌てて口元を押さえた。肩越しにちらっと速水をうかがう。

　速水はレシピを睨みつける。形良い唇が僅かに歪んだ。

「凝《こ》ったものを食うんだな。もう歯が生えたか」

低く呟く速水に、蓮は反応すべきなのか迷った。ひとりごとにも思えるし、蓮に同意を求めたようにも感じられる。なにも返さなければ、また苛つくと言われてしまうかもしれない。

「そばで見ていないと、赤ん坊はどんどん育つ。なんだか全部見逃しているようで残念だ」

更に低くなった声が妙に響いて、蓮は肋骨の内側で感情の塊《かたまり》がきゅっと絞られる切なさを覚えた。鼓動は一向に静まらない。

父親としての速水のジレンマだろう。冷静で少しばかり怖い雰囲気の人で、挙句ヤクザかもしれないけれど、海翔への愛情は本物だし、見つめる眼差しも優しかった。あんなふうに微笑んでほしいと思ってしまうくらいに。

「麻倉蓮はもう飯《めし》を食ったのか」

今度ははっきりとした問いかけだった。

速水はゆっくりと冷蔵庫を開く。整った横顔を庫内照明がやわらかく縁取る。尖った視線は苦手だが、こうして見ていると本当に速水は素晴らしく美しい男だと思う。こんな男性を射止めた女性とはどんな人だったのだろう。どうして、この世を去らねばならなかったのだろう。

速水は彼女をどれだけ愛したのか。

（もちろんいまだって、きっとまだ、愛して……）

速水の亡き妻のことを考えたら、もう呼吸さえ苦しくなるくらい鼓動が昂ぶった。

それは、高校時代、片想いし続けたクラスメイトに彼氏がいると知ったときの感覚によく似ていた。


海翔はメルヘンチックな家から熊が飛び出す知育玩具を繰り返し叩いている。まんまるな手のひらが容赦なくボタンを弾き、熊の動きはかなり慌ただしい。手足が動くたびにふくよかな関節にふわふわの皺ができる。つい触れたくなって、邪魔はいけないと引っ込める。

「麻倉蓮」

不意に背後から声をかけられて、蓮はびくっと身体を浮かせた。恐る恐る振り返る。

眼鏡をかけた速水が立っていた。少しだけ乳製品の匂いがするのは海翔の離乳食を作っていたからだろうか。

「……はい」

立ち上がろうか否か迷っているすぐ近くで海翔が「ぶぅわぁ」と楽しげな喃語を放ち、玩具を一層激しく叩きつける。

「腹、減ってないか」

「え、えっ……」

「えっと」と言いそうになって慌てて止める。速水に苛つくと言われたばかりだ。

「それは、海翔くんのことですか？」

「馬鹿か」

「え？」

速水に短く失笑されて、蓮は戸惑った。海翔の離乳食を作っていたのだから、この場合の質問の主語は海翔だと思っていた。

「普通に考えたら自分が聞かれたと思うんじゃないのか？」

「そう、かな」

蓮が首を傾げると、速水はまた呆れたような溜め息交じりの笑いを漏らした。その響きがひどく切なくて悲しくて、蓮は次の言葉が思いつかなくなった。

「さすがの俺でも赤ん坊にこんな聞き方はしない」

「すみません」

蓮はしゅんとして頭を下げた。

「……昼飯を作ってある」

低い声がまるで包み込むように落ちてくる。蓮はそうっと視線を上げた。目が合うと思った瞬間、弾くみたいに背けられた。

胃のあたりが苦しくなった。嫌われたのだと思った。

いや、端から好かれる対象ですらない。わかっている。出逢い方からして好印象ではない。その上、苛つくとはっきりと言われてしまった。

「食べたくないと思ったら残していい。ショウタかミツオが食うはずだ」

「……ありがとう、ございます」

蓮は速水から避けられた視線を戻した。夢中になって熊の飛び出すボタンを叩いている海翔のぼわっとした薄い毛が生えた頭を見つめる。骨格に守られているのに、肉しかないように思えるやわらかで緩やかな輪郭だった。

「うだぁ」と大きな声を上げて、海翔が飛び出した熊を鷲掴みにした。ボタンを離したら引っ込む仕組みになっているから、目が大きくてあどけない顔をした熊は、ぎりぎりといびつな動きをしている。

「そんなことしたら、熊さん可哀想だよ。おうちに入りたいでしょう」

蓮は海翔を覗き込んで、優しく微笑んでみせる。海翔は「うぶぅっ」と頬を膨らませ、必死に熊を握り締めている。

「熊さんはもうおうちでねんねさせてあげようね」

蓮は海翔の手のひらを熊から離させた。海翔は特に拗《す》ねるでもなく素直にされるがままになっている。熊から離れた手はすぐに蓮の右人差し指を掴んだ。きつく握ってくる。小さくて頼りないけれど、こういうときの力はとても強い。感情まで捕まえようとしているみたいだと、いつも思う。

（実際、俺は捕まっちゃってる）

そう思ったらなんだか可笑しくなったけれど、速水に聞かれるのはまずいような気がして、蓮は漏れかけた笑いを噛み締めた。

そんな些細な動きさえ見られて……いや、見張られている感覚がある。蓮は気づかれない程度の動きで速水の様子をうかがった。

（そりゃそうか）

速水は蓮が想像したほどの変化もなく、腕を組み、我が子のほうばかりを見ていた。

自意識過剰だった。速水が海翔の存在以上に、蓮に対して興味を持ってくれるはずなどないのだ。

（なに増長しちゃったんだろ）

苛つくと言われたくせに。

また強く指を握り締められて、蓮は海翔に意識を戻す。

「代わろう」

「……へ？」

速水が座敷に入ってくる気配があった。蓮は振り返れずに、速水とともに動く空気の流

れを追いかける。

速水は蓮を避けるかのように回り込み、海翔を抱き上げた。海翔に握られたままの指が引っ張られ、腕が伸びる。自然に顔も上を向いた。

今度はがっちりと速水と目が合ってしまった。逃げる余裕はなかったし、速水も背《そむ》けなかった。

動揺と切なさと怖さが一気に押し寄せてくる。鳩尾が閊《つか》えて、咽喉が詰まる。上擦った吐息が途切れがちにこぼれた。

「俺が海翔を見ている。麻倉蓮は飯を食って来い」

「え、いえ……でも」

戸惑いと躊躇いが言葉よりも先にあふれる。こういう喋り方が苛立つと言われたばかりなのに、本来の快活な口調は出てこない。

「冷める」

「はい？」

「冷めた食事はうまくない。行け」

速水は僅かにも表情を変えずに言い放つと、蓮の指を握る海翔の手を剥がし取る。

優しく穏やかなぬくもりが人差し指の先を掠め、蓮はびくっとした。素早く手を引く。ほぼ同時にまるで感電でもしたみたいに速水も手を遠ざけた。そのまま視線も外される。

改めて嫌われているのだと思い知るみたいで、結構苦しい。こんなふうに拒まれるのには慣れていない。

「……そう、します」

蓮はぎくしゃくと立ち上がった。

食堂のテーブルにはオムライスと海老《えび》のマリネサラダ、ポタージュが並んでいた。盛り付けを見る限り、照子の作るものと遜色《そんしょく》がない。

「ほんとに料理上手なんだ」

蓮はオムライスの皿の近くに傍に置かれたスプーンとフォークの柄を撫でながら、椅子に腰かけた。

「あ……」

キッチンの調理台にまだ湯気《ゆげ》のたつ器《うつわ》が三つ載っている。

蓮はすぐに立ち上がり、キッチンに近づいた。照子が残していった離乳食献立が出来上がっている。

（七倍粥とじゃがいもとほうれん草のサラダとささみグラタン。完璧だ。すごい）

これだけのものを作ったのにシンクにはなにも残っていない。それも水滴すら落ちていないレベルで整然としていた。料理が完成する頃に調理器具も片付いているのが理想だとよく母が言っていたけれど、男である速水がそれを出来ているだなんて。

「仕事も出来るんだろうな……」

ひとり暮らしをはじめて以降の蓮は、インスタントラーメンを作る程度でもスープを煮立て過ぎて吹き零れさせたり、麺《めん》をぐだぐだにしてしまったり、卵の割り入れを失敗したりで、完成する頃にはキッチンが滅茶苦茶《むちゃくちゃ》だった。味もお粗末な上に、片付けにもうんざりして、蓮は自炊をやめてしまった。

大人と子ども――。

なんだかそんな言葉が浮かんで消えた。子どもは大人を苛々させてばかりだ。

蓮は七倍粥の入った器に軽く触れてみた。ほんのりと温かい。

さっき掠めた速水の指を思い出す。熱くはなく冷たくもなく、それでいて生温い違和感もなくて、ただひたすら優しくて穏やかだった。

(もう、触れることはないだろうけど)

蓮は人差し指をいとおしむようにキスをした。

「なにをしている」

前触れもなく声をかけられて、蓮は飛び上りそうになった。いたずらを見つけられたような気まずさで振り返る。

いかにもご機嫌そうな笑みを浮かべる海翔を抱きかかえて速水が立っていた。鋭角めいた顔立ちの速水と、ぷくっとした赤ちゃんそのものの丸みのある海翔の頬との対比に、なぜか眩暈を覚えた。

　速水はテーブルの上にそのままになっているオムライスに目をやると、ふっと溜め息を漏らした。それがひどく寂しげに聞こえて、蓮は慌ててテーブルに戻った。

「……口に合わないようなら食わなくていい」

「い、いえ」

　蓮は大きく首を横に振って、椅子に座り直した。すぐにスプーンを握り、オムライスの皿を引き寄せる。

「無理はいい」

「無理じゃありません」

「変な気をつかうな」

　速水はつかつかと歩み寄って来て、オムライスの皿をひったくるように奪おうとした。蓮は咄嗟に皿を引き戻した。

「ほんとに」

「俺が勝手に作ったんだ。食わなくていい」

　速水の大きな手が皿の縁を掴む。オムライスにかかっていたケチャップがだらりと皿に垂れた。

「食べますからっ」

蓮は速水の力に負けまいと皿を引っ張る。速水の手も離れない。皿が震え、オムライスが揺れる。

「いいから」

「無理もしてないし、気もつかってな……っ」

言葉の途中で速水の指に指がぶつかった。先刻とは異なって、妙に熱っぽい。ぎょっとして、蓮は皿から手を放した。速水もさっと手を引く。

驚くほどふたりの動作は同じタイミングだった。まるで互いの熱や感触にほぼ同時に驚いてしまったみたいに。

スプーンと皿が当たって、かちゃんと鳴った。

テーブルから跳ねるように皿が浮かび上がる。慌てて腰を浮かせ、手を伸ばして止めようとした蓮の指先にやわらかな布地が掠めた。速水の腕だった。蓮はまたびくっとして手を引く。速水も反射的に手を引っ込めた。

支える者のいなくなった皿はそのまま床に落ちた。

照子が丁寧に拭き掃除した床にぶつかった皿が鈍い音を立てて割れる。オムライスが潰れてケチャップが床に散る。

「あ……」

蓮は無残な形になったオムライスを呆然と見た。僅かに視線を動かすと、速水も海翔を抱いたまま、あちこちに飛び散ったチキンライスやケチャップを見下ろしていた。海翔はきょとんとして父親を見つめ、顎のあたりをばちんと叩く。小さな指先が無駄のない輪郭に食い込む。

「……すみ、ません。俺……」

謝罪の言葉は頼りなく掠れた。せっかく速水が作ってくれたのに、「食べたくない」と思っていると勘違いされたまま。

叱責されるだろう。嫌な奴だと言われるかもしれない。むしろ当然だ。

「……別にいい」

だが、速水は小さくやりきれないとばかりに溜め息を吐くと、海翔を蓮のほうへ差し出した。

鼓動がとくんと大きく波打った。申し訳ないと思う以前に悲しくなった。

怒ってくれてよかったのに。こんな切ない溜め息を聞くくらいなら、詰《なじ》るような言い方をしてくれたほうがましだ。どんな言葉や態度よりも追い詰められる。

速水を傷つけてしまった――。

そう痛感する。

「片づける。抱いていてくれ」

続いた速水の声は、ひどく無表情だった。海翔の無邪気な「だあぁ」という喃語が可愛らしいぶん、なんとも虚《むな》しく聞こえる。

「え……いえ。俺が」

蓮は海翔に微かに笑いかけることもできずに、椅子から立ち上がる。速水より先に割れた皿の欠片《かけら》を拾うために屈もうとした。

「いいから」

「でも、これは俺が」

「必要ない。麻倉蓮が望んでいないことを俺が押し売りしたんだからな」

声で低く切りつけて、速水は蓮に海翔を抱くように押しつけた。蓮は次に発する言葉を見つけられずに海翔の小さくてふっくらした身体を受け取った。いつもよりずしりと重たい。

「向こうへ行っていろ」

速水はキッチンからビニール袋を持ってくると、割れた皿の傍らに跪く。

「はあ……」

「怪我をされても困る」

潰れたオムライスを無造作に掴んでビニール袋に投げ込む。チキンライスと卵の皮が透明な袋の中で捩《よじ》れて崩れる。

蓮は眼球の裏側がかっと熱くなるのを感じた。もっと断固として食べると主張すればよかった。はっきり伝わらなかったから速水に嫌な思いをさせたし、せっかく綺麗に盛り付けられていたオムライスを台無しにしてしまった。

「……すみません」

「もう、いい」

再びの謝罪は、速水の乾いた口調にあっさりと払い除けられた。

――本当に傷つけてしまったんだ。

改めて締めつけられるほどに思い知る。

「っつ……っ」

不意に、速水が悲鳴めいた声をあげた。

「速水さん……？」

驚いて覗き込む視線の先に真紅があった。即座に血だと思った。

「へ、平気ですか？」

「大したことじゃない」

速水はゆったりと手を広げ、人差し指の先にぷつんと盛り上がった血を見ている。皿の欠片で切ったのだろう。

「でも……血が」

「こんなもの怪我のうちに入らない」

速水は斜めに切れた傷口をしばらく見つめてから、口に含んだ。傷口を舐めているのか、形良い唇が微かに動く。

その艶めかしさに、鳩尾から下腹部へ向けて浅ましいような疼きが落ちていった。


照子とエイスケは夕方四時過ぎに、ショウタとミツオは夕食がはじまってしばらくしてから帰って来た。

速水とエイスケと蓮、そして照子だけの静寂の食卓が瞬く間ににぎやかになった。

「うわ～ミートボール！　俺の分ある？　ある？」

ミツオがテーブルの上を見て、照子に飛びつく。照子はちょっと呆れたみたいに笑って、ミツオのためにミートボールのトマト煮を盛りつけた。本当に嬉しそうにミツオが器を受け取った。

「俺、照子さんのミートボールすげぇ好き。うまいよね、うまいよね、麻倉さん」

「へ？」

急に話題を振られて、ホワイトアスパラガスの焼きびたしを口に入れていた蓮は気の抜けた声をあげてしまった。

「うまいでしょ？」

ミツオに覗き込まれ、蓮は怯《ひる》んで引き攣った笑みを浮かべた。咀嚼《そしやく》途中で口が止まる。上げた視線がミツオを軽々と通り越し、当たり前みたいに速水に向かう。流れ弾めいた視線をあっさりと払い除けて、速水はひとつ溜め息をつく。億劫そうに味噌汁を飲んだ。箸を持つ人差し指には絆創膏《ばんそうこう》が巻き付いている。

もう痛みはないだろうか。血は止まっただろうか。

オムライスが台無しになったあと、速水は海翔の頬をそっと撫でてから、蓮の顔を一度たりとも見ることなく部屋にこもってしまっていた。夕食に降りてきても連を見ようとはしなかった。

厚意を無駄にしたのだから無理もない。

「あ、ああ……そうだね」

蓮は速水から視線を外し、ミツオに答えた。ミツオが満足そうに頷いてから椅子を引いた。「ホワイトアスパラは嫌いだからいらない」と言いながら腰かける。

「おまえはほんとに落ち着きがないな」

速水は味噌汁の椀を置き、ふっと笑う。

「頼んだことは大丈夫だったのか？」

「あ～～もお、速水さんは俺を信用してな過ぎ」

ミツオが箸を掴んだ手を大袈裟なくらいに大きく振り回す。速水はまたふっと笑った。

　蓮は盗み見るように速水の顎のあたりに目をやった。鋭角な顎には一切の無駄がない。

「だいじょぶでしたよ。俺大活躍」

「実際、どうだった？」

　速水の顔がショウタのほうへ向く。ショウタが数秒の間を置いて「まあまあ、思ったよりは良かったかな」と答えた。

「その間が気になるね」

　エイスケが速水の気持ちを代弁《だいべん》するみたいに呟いた。

「なんだよ、なんだよ、みんなして。ひでぇの」

「少しは信頼されるようになれ」

「信頼してるから任せてくれたんでしょ」

　ミツオがふくれっ面のまま、速水に反論した。

「まあ、そうかもしれんな」

　速水は肩を竦めるように笑むと、いくつかミートボールが残った器をミツオの前へ押しやった。驚いて器と速水の顔を見比べるミツオの頭を軽く叩き、立ち上がる。

　速水の手のひらが触れたミツオがうらやましいと思った。速水がミツオやショウタにスキンシップめいたことをするのは珍しくはない。弟みたいな感覚なのだろう。いつもなら特に気になったりもしない。

（速水さんの指が温かったからだ）

意識してしまう。ほんの少し触れて、離れて行った速水の指を。

鼓動が切なく跳ねる。

（……しっかりしろ。あの人は男で、俺も男だからな）

蓮は、窘めても跳ね回る鼓動を扱いかねて、速水から視線を外した。まだおかずはなにもかも残っていたけれど、胸が閊《つか》えて食欲が薄れている。曖昧に溜め息を漏らし、もう食べられないことを誤魔化すために味噌汁を啜《すす》る。ジャガイモが甘い。

（あ、そうだ。それに、あの人はヤクザかもしれないんだから。惹かれるわけがない。速水さんは男だし、ヤクザかもしれない……そうだ、そうなんだ）

脳裏で必死に速水のマイナスポイントを探す。

（ヤクザ。ヤクザだし、男だし……）

最大の減点部分なのに、どうしてだろう。速水に引っ張られる気持ちは収まらないし、鼓動も静まらない。

自分で自分がわからない。制御もうまくできない。

「速水さん、これくれんの？」

ミツオの明るい声が響く。はじめて、悔しいほど耳障《ざわ》りだと感じた。速水との距離感に嫉妬しているのかもしれない。

（男同士だってば……っ）

蓮は味噌汁の椀を口元から離さずに、それでも小さく溜め息を吐く。ミツオがまた明るくにぎやかに喋り、速水が静かに笑う。

「食い過ぎて腹を壊すなよ」

「だいじょぶだいじょぶ！　俺、照子さんご飯には底なしだもんね」

「自慢にはならん」

速水が苦笑交じりに食堂を出ていく。低く穏やかな声が足音とともに遠ざかる。

どうしようもなく、その背中を追いかけたくなった。ミツオに対するみたいな優しさをもらえるはずもないのに、速水の名を呼んでみたかった。指が触れることすら避けられて、顔もまともに見てくれないのだから、親しさが増すわけもないのだけれど。

少しだけ。ほんの少しだけ。

蓮は椀をテーブルに戻し、その縁に箸をかけた。麦茶のグラスに手を伸ばす。

「飯食ったら、ちゃんと速水さんに報告に行けよ」

ミートボールでご飯をかきこむミツオにエイスケが言う。ミツオは欲張りな齧歯《げっし》類《るい》みたいに頬張って、忙しなく頷く。

ミツオとショウタは速水からいったいなにを頼まれたのだろう。海翔の世話だけしか望まれていない蓮には、速水に報告するようなことはなにもない。今日の昼間のようなふたりきりの時間はもう二度とないかもしれない。

そう思うと、やはりミツオやショウタ、エイスケがうらやましい。海翔はもちろん、照子のことだって妬《ねた》ましい。

この屋敷の中で、本当の意味で「他人」なのは蓮だけだ。近づきたいけれど、きっといま以上の位置にはいけない。離れたところで見つめている。

引き攣《つ》れるような溜め息が漏れた。


時計を見上げると午前一時半。まだ先は長い。

「コーヒーでも飲も」

蓮はちっちゃな親指を咥えて眠る海翔の様子をうかがってから、ゆっくりと立ち上がった。寝静まり、静寂に満ちた廊下を歩いて食堂へ向かう。

食堂から細く光が漏れているのに気付き、蓮は脚を止めた。

(誰か、いる)

この家で暮らす者たちは夜が早い。世間では宵っ張りで遊び歩いていそうな年代のミツオやショウタでさえ午後十時にはもう眠たくてたまらないとばかりに部屋に引き上げていく。そして起床が早い。実に健康的な生活をしている。

蓮は、学生時代も一年ちょっとのサラリーマン生活でも蓮は終電ぎりぎりに帰り、朝も遅刻寸前に飛び出す毎日だった。もちろんすべてが遊びではなかったけれど。

ここで時間が不規則なのは速水くらいだ。何時に出かけるか帰ってくるか、さっぱりわからない。照子たちは把握《はあく》しているらしいが、外様《とざま》の蓮にはなにも教えてくれない。

(……仕事もはっきりとは教えてくれないんだから、しょうがないよな)

そう、速水がヤクザかもしれないということも、蓮が勝手に想像しているに過ぎない。屋敷も車も代々の金持ちであるが故《ゆえ》かもしれないし、自分で稼ぎ出したにしても汚い仕事をしているとは限らない。ネットで一稼《ひとかせ》ぎできる時代になって、若くして巨万の富を持つ人間も決して珍しくはない。

それでも、疑ってしまわざるを得ないのは、たった一言。あの「姐さん」という言葉がひっかかっているからだ。悪ふざけには思えなかった。

裸を見られ、「姐さん」を耳にし、せっかくのオムライスを駄目にしてしまった。この二日、タイミングが悪く、気まずいことばかりだ。

たぶん、速水とは相性が悪いのだろう。

(逢いたくない……)

すぐにそう思って、蓮は踵《きびす》を返した。部屋へ戻ろうと足を踏み出した途端、「麻倉蓮?」と声がかかった。

びくっとして動きを止める。

「起きていたのか」

「……おかえりなさい」

蓮は肩越しに振り返った。食堂から速水が顔を出している。光に縁取られて、面差しが更に端正に見えた。

「海翔は迷惑をかけなかったか」

「はあ。大丈夫です」

蓮が頷くと、速水が穏やかに微笑んだ。

相性が悪いから気まずいと考えていたところだったから、その優しい表情に鼓動が痛いほど切なく跳ね飛んだ。なんて顔をするのだろう。

「コーヒーでも飲むか？」

「……は？」

「ちょうど飲んでいた。もう一杯分くらいならある」

速水は顎をしゃくるようにして食堂内を指し示した。

「……いいんですか」

なんとなく怯えが語尾に絡みつく。

「どうせ捨てる羽目《はめ》になる」

低く鋭く、だが穏やかさも残る口調で言い放ち、速水は食堂に戻っていく。蓮がついてくると疑ってもいない行動に思えた。

蓮は薄暗い廊下に力なく伸びる影を辿るように歩き出す。廊下が軋む。遠慮がちに食堂を覗くと、速水がキッチンに立ち、新たなカップにコーヒーを注いでいた。淡いベージュのワイシャツの背中に大きな皺がいくつもよっている。テーブルに飲みかけらしいカップが置いてある。

「座れ」

振り返らずに速水が言う。蓮は無言のまま、速水の広い背中を見ている。

「聞こえないのか。座れ」

身じろぎひとつしない蓮の様子を察したのか、速水の声が僅かに尖る。びくっとして、逆に動けなくなる。

「麻倉蓮？」

カップを手に速水が振り返る。穏やかなのに、目つきに鈍く鋭い光も過る。ほんの瞬間でも威圧する強さがあった。

蓮はつい俯いてしまう。

「どうした？　なぜ動かない」

訝しそうな声だ。蓮は上目使いに速水をうかがう。速水はカップを手にして立っている。速水のほうこそ動かなくなっていた。

「俺がいるから、か」

自嘲《じちょう》気味に息を抜く。蓮が驚く間も、否定する隙も与えずに、速水は新しいカップをテーブルに置き、飲みかけのほうを掴んだ。右手の人差し指の絆創膏に血が滲んでいた。

「ごゆっくり」

カップを両手で包むようにして速水が食堂を出ていく。すれ違うとき、一瞬、速水が足を止めて蓮を見た。蓮はどきりとして、身体を硬直させた。

蓮は恐る恐る速水を見返す。視線と視線が重なる寸前、さっと速水が顔を逸らした。

「……すみ、ません」

「どういたしまして」

蓮の語尾を潰すみたいに切り替えしてきた言葉がいつになく冷たく尖っていた。嫌われているのだと、今更に痛感する。

「……おやすみ」

低く言い残して、速水が歩き去っていった。階段を上がっていく静かな足音を聞きながら、蓮は掠れる声で「おやすみなさい……」と呟いた。

明け方、毛布にくるまってうとうとしていると、切り裂くような泣き声が響き渡った。

思わず、ひゃっと咽喉が鳴った。

飛び起きて、ベビーベッドの柵を掴む。海翔が顔を真っ赤にして泣き喚《わめ》いている。

蓮は慌てて海翔を抱き上げた。首とお尻をしっかり支えて、ぎゃーぎゃー泣いている海翔に声をかける。両手をぎゅうっと握り締め、目をきつく結んでいるから、覗き込んでも蓮が見えるはずもない。

でも、蓮は赤ちゃん向けの高めの声で呼びかけた。

海翔の泣き声は止まらない。それどころか一層激しくなった。

「海翔くん、どうした？　海翔くん？」

蓮は海翔の身体を水平にゆっくり揺らした。海翔の泣き声がヒステリーじみてくる。

「海翔くん。海翔くん」

蓮は胸元に海翔の身体を密着させ、背中を摩《さす》ってやった。

どうしたんだろう。

海翔は基本ぐずらない子で、たまに泣いても少し構えば収まる。呼びかけられると、安心して涙に濡れた顔で声の主を見つめる。泣いた余韻《よいん》がありつつも、少し笑ったりもしてくれる。

だが、今夜はいつものようには収まりそうにない。

（おしめ、濡れてないよな）

蓮は海翔のお尻を改めて確かめた。紙おむつだけれど、汚れていれば外から触れてもわかる。

「ミルクはさっきあげたばっかりだし」

蓮は小さな背中を摩りながらも、全身で抱え込むようにして海翔を揺らした。海翔の泣き声はますます大きくヒステリックになっていく。

なにがそんなに気に食《く》わないんだろう。怖い夢でも見てしまったのか。

「海翔くん」

蓮はもう一度呼んで、海翔の背中をゆるく叩く。ぎゃあっとまた海翔の声のボリュームがあがった。

どうしよう。どうしたらいいんだろう。

こんなに泣き止まないとどうしていいかわからない。これまでは、海翔がぐずらないいい子だからなんとかなっていていただけだし、ベビーシッターになったきっかけだって、たまたま「中耳炎」になった姪っ子の様子を見ていて当てはまってしまったからだ。子育ての経験のない蓮に臨機応変《りんきおうへん》な対処《たいしょ》なんかできっこない。最初から蓮を採用したこと自体間違っているのだから。

「海翔くぅん……どうしたの」

情けない声が漏れる。

おろおろしつつも必死に海翔をあやす。せめて泣き止ませなければ。泣き過ぎは絶対に良くない。姪っ子が狂ったように泣いて、ひきつけを起こしたみたいになっていたことがある。とても苦しそうで可哀想だった。

このまま泣き続けたら海翔もあんなふうになってしまうかもしれない。

「大丈夫、大丈夫だよ。なにも怖くないから。海翔くん」

蓮はやわらかく海翔の背中を撫で続ける。

「海翔くん……」

「どうしたんだ」

不機嫌そうな低い声が、蓮のあやす声を止めた。はっとして顔を上げると、襖が開いていた。薄暗い廊下に長身の男が立っている。

「……速水さん……？」

呻《うめ》くような声になる。

「なにをやった」

「なにも……」

蓮はぶるぶると頭を左右に振った。

「海翔は滅多にこんなに泣かない」

「わかって、ます」

「まったく」

速水は億劫そうに溜め息を吐き、両手でかきむしるようにして髪をかきあげた。

「ミルクはやったのか？」

「やりました。そんなに前じゃないからお腹空《す》いてるとかはないと……」

「これでは、なんのために麻倉蓮がついているんだかわからんな」

早口に吐き捨てて、部屋に入ってくると、速水が蓮の腕から海翔を抱き取った。海翔は相変わらず火がついたように泣き続けている。

「海翔」

速水は肘で海翔の頭を支え、ゆったりと覗き込む。

「か～いと。どうした。泣くな」

あやす口調がとてもとても優しい。腕の中にいる海翔を羨んでしまいそうなくらいに。

速水の大きな手のひらが海翔の小さな身体を包むように摩る。海翔は握り締めた拳《こぶし》を振り回し、ぴぎゃあああと泣き喚く。

「海翔、ほんとにどうした。なんにも怖くないぞ」

速水は海翔を深く抱き直して、その場に座り込んだ。蓮も従うように傍らに腰を下ろす。正座をすると、膝が速水の腿を掠めた。鼓動がとくんと跳ねる。蓮はさり気なく膝の位置をずらしてから、速水と海翔を交互に見やった。

「……どこか痛いとか、なんでしょうか」

「わからん」

微かに首を振り、速水は海翔を抱きしめる。海翔のやわらかな頬が速水の胸に押しつけられて、もにゅっと捩れる。小さな手が速水のパジャマを叩きつけた。泣き声が少しだけ弱くなる。

「海翔」

速水がまたやわらかく呼びかける。海翔の指がパジャマを握り締めた。えぐっとしゃくり上げてから、ヒステリーじみた泣き方がますます弱まった。

「海翔、大丈夫だぞ。パパがいるからな」

速水は海翔の背中を静かにぽんぽんと二回叩いた。

「パパ」という言葉になぜか胸が締めつけられた。速水が海翔の父親であることはまぎれもない事実で、我が子に対して自分をそう呼んでみせるのはちっともおかしくはない。蓮がその立場でもきっとそうするだろう。

(でも……なんでだろ。すごい嫉妬してるっぽい。俺)

蓮は湧き上がった感情の愚かしさにきつく唇を噛んだ。

海翔は父親に抱かれて安心したのか、少しずつ泣き声を静めていく。真っ赤だった顔が肌色に戻り、固く目を閉じていたせいで眉間や瞼のあたりにできていた皺が消える。長い睫毛が震えて溜まっている涙が頬へ零れ落ちた。

ひくっと海翔の声が震える。速水の逞しい胸に頬を擦り付けている。

「海翔、いい子だね」

速水は海翔の背中をふわりと撫でた。「うにゅ」と海翔が答えたような声が聞こえた。

「……どこか具合悪いってわけじゃなかったんですね」

「ちょっと虫の居所が悪かったかな」

速水がふっと笑い、海翔を抱き直した。曲げた肘で海翔の頼りない頭を固定し、ベビーベッドの下に置かれたバスケットからガーゼを引っ張り出した、涙の残る頬と目許をやわらかく拭っている。

「良かったです」

蓮は刹那《せつな》発生しかけた嫉妬の余韻を安堵で吹き飛ばした。速水は父親なのだ。海翔との間に誰よりも深い絆《きずな》がある。そんな言葉も自覚も知らなくても、海翔は速水を求めるし、速水も海翔を当然のように受け入れる。

（当たり前なのに、なんで嫉妬したんだろう……）

次の瞬間、視界が鈍く翳《かげ》った。

「……え」

驚くはずの声がほのかな熱で塞がれる。

それが速水の唇だと気づくのにそう時間はかからなかった。

（嘘……）

膝先が微かに震えた。指先にいびつな力が入る。

一度唇が離れ、速水と目が合う。思わず見開いてしまった視界に端正な速水の顔が飛び込んでくる。

「え、えと……速水さん」

声は完全に音になりきらずに虚《うつ》ろに歪《ゆが》む。吐息が縺《もつ》れた。

速水が鼻先を寄せてくる。驚きのあまりどう対処していいかわからなくなって混乱しているだけなのに、同意だとでも思ったのか、速水の唇がまた触れる。速水の腕の中で海翔が「うばぁ」と無邪気な声を上げる。

ぎくっとして、速水の右肩を押し退けた。重なりつつあった唇が離れ、速水がよろけて尻餅《しりもち》をつく。

「……麻倉……」

速水の表情が硬直した。

蓮は素早く飛び退くように立ち上がった。喘ぎめいた吐息が漏れる。視界がにわかにぼやけて揺れる。

速水に抱かれたままの海翔がきょとんと蓮を見つめている。

「す、すみません……っ」

上擦る声で言い残し、蓮はベビールームを飛び出した。

自動販売機で缶コーヒーを買い、滑り台だけがある狭い公園のベンチに座った。

寒くもなく暑くもなく、吹き抜ける風が心地よい。黒い夜空に浮かぶのは満月には少し足りない十三夜月。薄い雲が広がって星はまばらにしか見えない。

月よりも星よりも街灯の青白い光が一番強い。

蓮は溜め息を飲み込むように、静かにゆっくりとコーヒーを飲む。

どうして、速水はあんなことをしたのだろう。蓮を嫌って避けていたのではないのか。苛立つとまで言われたのに。

蓮は微糖コーヒーの甘みの貼りついた口腔《こうこう》で舌を蠢かせ、輪郭のはっきりしない月を見上げた。

無意識に溜め息がこぼれる。

蓮はベンチの端に踵をひっかけて膝を抱えた。空っぽになった缶が脛にぶつかる。

「速水さん……」

膝に額を埋め、蓮は速水の行為の意味を考える。速水のことを思うと、唇に熱が甦る。ほんのちょっと触れただけのキスなのに、身体の奥底は火照《ほて》る。下腹部が疼いて痛む。

蓮は深く膝を抱え込んだ。缶がころんと足元に落ちた。

指先で熱を思い出した唇を擦る。

ぞくっと背筋が凍えるような甘い震えが過り、全身がかっと熱くなった。つま先が缶を蹴る。

「……キス、だったよね、あれ」

重なった唇、掠めた鼻先、熱、そして端正な速水の面差し。

すべてが一気に押し寄せてきて、蓮を混乱させる。

どうしてキスなんか、したりしたのだろう。

「俺のこと苛つくって、そう言ってたのに」

蓮は絞り出すような溜め息を吐いた。肋骨の内側で鼓動が異様に速度を増した。


公園で二本缶コーヒーを飲み干して、屋敷に戻った。

玄関も廊下も蓮が飛び出したときよりも暗さを増しているような気がした。もちろん錯覚だとは思う。

静かに靴を脱ぎ、長い廊下を歩いてまっすぐにベビールームに向かった。誰の声も何の音もしない。海翔が泣いてもエイスケたちは起きてこなかったのだから、更に夜が更《ふ》けた時間になって目を覚ますとは考えにくい。彼らは見事なくらいに熟睡型だ。

「あ……」

思わず声をあげそうになって、蓮は慌てて口を押さえた。

蓮が横になっていた布団に海翔を寝かせ、その傍らの畳に直に速水が眠っていた。長身を丸めて海翔を守るような体勢だ。

(俺が飛び出しちゃったから……)

夜間ベビーシッターを任されているのに、速水からのキスで動揺したとはいえ、海翔をほったらかしてしまった。父親としては海翔をひとりで寝かせておくことはできなかったのだろう。

(それでも無責任だよな)

蓮は乾き切った唇を舐めてから、ベビールームに入った。どんなに気をつけても歩くたびに靴下が畳で擦れる鈍い音がする。速水の眠りが浅ければ、この程度でも起きてしまうかもしれない。

蓮はなるべく速水の近くを避けて、布団の隅で丸まっていた毛布を掴む。

ふわりと流れた視線が、速水の横顔に囚われて動かせなくなった。海翔を守るみたいに寄り添って眠る速水の表情は穏やかで優しい。いつもの鋭く尖った雰囲気はかけらもうかがえない。

(……速水さん)

鳩尾の奥がきゅっと苦しくなる。

ても笑みの気配を貼り付けた薄い唇。

速水の整った頬には睫毛の深い影が落ちている。すっきりとした鼻梁《びりょう》。微笑んでいなくても笑みの気配を貼り付けた薄い唇。

——唇。

前触れもなく触れてきた熱を思い出し、呼吸が一層速まる。浅ましい喘ぎがもれて、唇が震えた。押さえようとしても引っ込まない。

あの形良い唇は確かに、蓮にキスをした。掠めるほどの些細な接触だったけれど、あれはまぎれもなくキスだった。

どうして速水があんなことをしたのか。

答えの出ない疑問がぐるぐると脳裏を駆けまわる。同じどうしてやなぜを繰り返したって、速水本人に聞かなければ本当のところはわからない。

嫌っている様子で避け、顔をまともに見ず、苛つくとまで言ったくせに、唇を寄せるだなんて。

冗談にしてもやりすぎだ。からかうなら、せめて笑えるものにしてほしい。

（よりにもよってキス……）

蓮は手の甲で落ち着きなく唇を拭った。親指の先が小刻みに震えているのがわかった。

深呼吸すると、まだ喘いだような余韻が纏わりついていた。こんな露骨な呼吸を速水に聞かれたくない。眠っていてくれて良かった。
（まったくね）
蓮は曖昧に速水から視線を外して、遠慮がちに彼の身体に毛布を掛けた。
すかさず手首を掴まれた。
「え……っ」
ぎくっとした。
眠っていると思っていたのに。
強い手のひら。熱い指先。戒《いまし》めのように食い込んでくる。
「速水、さん……？」
ほんの数秒動けなかったけれど、ゆっくりと瞼を開いた速水の双眸《そうぼう》が冴えた光を放って
いるのを見たら怖くなった。
蓮は思いきり腕を振り上げて、速水の手を払い除けようとした。
が、速水の手のひらはなおも強く蓮の手首を掴み、自分のほうへと引っ張り戻す。蓮が
逃げようと腕を動かし、身体を捻るたびに速水の熱が覆い被さってくる。
「速水さんっ」
拒む声は力なく裏返った。
鼓動はどうにもならないほど速くて、いまにも飛び出してしまいそうだった。呼吸がう

まくできない。唇が怯える。

速水がむくりと起き上がり、蓮の背中を深く抱え込んだ。鍛えられた腕が腰に巻きつき、抗《あらが》う蓮の腕を押さえつける。

「速水さ……」

「おまえが好きかもしれない」

速水の低く重たい声が蓮の言葉を遮る。

その声が作り上げた思いがけない言葉に、蓮は身体を竦ませた。眦《まなじり》が痙攣《けいれん》するほど目を見開いて、速水を振り返った。

速水がふっと笑う。

眼差しは鋭く蓮を射抜き、身体ばかりか心も動けなくする。鼓動と呼吸だけが乱れている。

「自分が一番驚いている。麻倉蓮の言動にはいまでも苛つく。はっきりしなくて、俺がもっとも嫌いな種類の人間だとも思う」

「あ、あの……速水さん」

「少し黙れ」

驚きのあまり割り込んだ蓮を速水が穏やかに窘めた。

「嫌いなはずなのに、キスをしたいと思った。抱き締めてみたいと感じた」

声は囁きに変わり、蓮の耳朶を滑る。ぞくぞくして、蓮は上擦《うわず》る吐息を細切れに漏らす。下腹部が熱い。淫らな兆《きざ》しに疼く。咽喉《のど》がひりつく。

「感情の正体が自分でもよくわからない」

速水は蓮の髪を辿るように唇を移動させた。扇情的な熱に、蓮は「はぁ」と呻いた。尾骨のあたりから痺れが這い上がってくる。速水に自由を奪われたままの腕が微かに揺れた。きつく手のひらを握り締める。

背後の速水の気配が大きく動いた。

蓮の肩を包むように身体を傾け、速水が再び唇を重ねてきた。

「……ん」

速水の唇が甘く蠢いて、ぴちゃりと濡れた音がした。

いままでとは別の意味で速水を避けている。顔を合わせるのが怖い。速水の熱を思い出して動揺して、鼓動や吐息が浅ましく乱れるのをまた味わいたくなかった。

二十四歳にもなれば、もちろんキスははじめてではない。

彼女は三人いたから、当然セックスの経験だってある。性欲に突き動かされたのだって一度や二度じゃない。

でも、あんなに淫らな疼きを覚えたことなどなかった。

舌が侵入してきたわけでもない、本当に軽やかな唇の接触だったのに。

速水だからだ。

顔を背《そむ》けられたり避けられたりしていたのだ。急に好きだと言われれば衝撃は大きい。

驚きと気まずさと、混乱と……そして、照れが滅茶苦茶に混ざり合って、自分の本心がまったくわからない。

速水の告白が嬉しいのか。嫌なのか。

どうすることが正しいのか。

(だって、男同士だし)

蓮は眺めていても活字が崩壊するばかりで、ちっとも頭に入ってこない育児書を閉ざし、仰向けに倒れ込んだ。部屋中にあふれる快晴の陽射しが肌を撫でる。しなやかな眩《まぶ》しさに数回瞬く。

「麻倉蓮」

襖を指先で弾くようなノックが聞こえた。

はっとして、蓮は飛び起きた。答えようと答えまいと、この声の主は部屋に入ってくる。

蓮はぎくしゃくと立ち上がった。靴下で畳が擦れる。

「入るぞ」

案の定、当然だとばかりに襖が開いた。スーツ姿の速水が立っている。ネクタイが緩んでいる。

「……どうも」

　蓮は場違いな返事をして、小さくお辞儀をした。

　端正な眼差しが探るみたいに蓮を見ている。どんな隠しごとも許してはくれない目だ。

「もう、出かけたんだと」

「出かけたが帰って来た」

　速水は蓮の様子に納得したのか、穏やかに口角を引き上げた。美しい微笑みなのに、怯えめいた切なさが奔る。嫌なのではない。むしろ惹かれているけれど、優しければ優しいほど不安が育つ。

　この人はなにを求めているのだろう。どうしたいのだろう。

　男同士で恋愛をしたいのか。

「昼を一緒に食おうと思ってな」

「俺と、ですか」

「まだ食っていないだろう」

「はあ……」

　蓮が頷くと、速水はひどく嬉しそうに双眸を細めた。

「寿司は大丈夫か」

「は？」

「もう出前が届く。来い」

速水はネクタイを引っ張りながら、踵を返そうとした。広い肩を軽く揺する。

「は、速水さん！」

思わず蓮は呼び止めた。

怪訝《けげん》そうに速水が動きを止める。首を傾げて蓮を見る。瞳は細められたままだ。

「照子さんは」

「海翔と遊んでいる」

「ご飯作れないわけじゃないんですね」

「なぜだ？」

速水の両目が少し見開かれ、眉間に皺が寄る。蓮の質問の意図をはかりかねているのだろう。

「出前を取ったって言うから、なんかあったのかと思って」

「ああ、なるほど」

速水が頷く。ほどききったネクタイをぐいっと引き抜いた。ストライプ柄の細長い布が二の腕に絡みついた。ボタンを外した襟元がずれ、滑らかなラインを描く鎖骨が覗く。

情欲をそそられて、下腹部が沁みる。臍《へそ》の下あたりを起点に全身に火照《ほて》りが広がっていく。蓮はぶるっと身震いした。

「えっと、あの……」

続けた声が引っ張られて震える。

蓮が次に投げるつもりの質問を察したのか、速水が僅かに口角を上げるだけの笑みを浮べた。

「俺が変則的なことをしたから不審なのか？」

「そんなわけじゃ」

「たまの『家族サービス』だ」

速水がふふっと笑いを転がし、ウインクめいた瞬きを寄越した。まさか速水がそんなことをするとは思わなかったからびっくりし過ぎて、火照りが赤面になった。身体も顔も頭も完全に発火して熱くてたまらない。ふらふらしてしまう。

あんな告白を聞いたせいだろうか。それとも外様だと思っていたのに『家族』の範疇《はんちゅう》に入れてもらえて困惑しているのか。

「麻倉蓮」

やわらかく呼びかけて、速水が部屋に入ってきた。後退ろうとしたけれど間に合わずに、肩を掴まれる。シャツ越しに肌に感じる手のひらの熱は痛みにも似ていた。親指がちょうど鎖骨の下に入り込む。

震えがみっともないくらいに大きくなる。ちょっとでも気を抜いたら膝から崩れ落ちてしまいかねない。

速水の手のひらが怖い。背中をぬくもりが掠める。なんとなく甘い香りが鼻腔《びこう》をつく。

速水にどんどん支配されていくみたいで苦しい。

「……蓮」

びくっとした。

速水が名前だけを切り離して呼ぶのははじめてだ。フルネームか苗字か。速水が口にするのはそのどちらかだった。

「俺はおまえも『家族』にしたいと思っている」

「え……」

「自分でもどうしたんだろうと思わないでもないが……正直になるなら、俺をこんなふうに苛々させるおまえの存在を失いたくない」

速水の力が強くなる。

うまく呼吸ができない。

「そうびくびくするな。取って食ったりはしない」

そう言われて、改めて身体の震えを自覚する。堪《こら》えようと踏ん張れば踏ん張るほど肩や手足ががくがくと瘧《おこり》のように震えてしまう。

「まったく」

呆れたみたいな笑いを交ぜ込みながら、速水が蓮の肩をひとつ叩いた。鼓動が大きく跳ねる。

「俺は相当怖がられているんだな」

「……そんな」

蓮は慌てて振り返ろうとした。

確かに怖いとは思っている。避けられていると思ってばかりいたのに、突然「好き」だと告げられ、抱き締められ、キスまでされて、動揺せずにまっすぐに速水を見られるはずがない。相手に惹かれるものを感じていたとしても、あまりに唐突過ぎる。

そんなにぱっぱっと切り替えられない。

「怖いことをしたつもりはないんだが」

自虐気味に呟いて、速水は蓮の頭を軽く抱え込む。甘く澄んだ香りに包まれて、上擦るような吐息が漏れた。胸が苦しい。高鳴りで破裂しそうだ。

ここまで乱れ打っている鼓動を速水に気づかれたらどうしよう。そのほうがずっと怖い。

「気をつけよう。できれば蓮に嫌われたくない」

言いながら、速水は蓮の髪にくちづけてきた。熱を帯びた感触が地肌にも伝わり、蓮は抑えきれずに恍惚《こうこつ》じみた吐息を漏らした。

気まずさと怖さと、照れくさささと困惑と。

速水の声を聞くだけでも鼓動が跳ねまわるし、顔が熱くなる。顔なんか合わせようものなら、舌が縺《もつ》れてうまく喋れなくなってしまう。

自分で自分が制御できないなんて、はじめてだ。どんなに好きになっても、いままでならどこかが冷静で、表向きは平静を装《よそお》うことが出来ていた。

それなのに。

速水に対しては冷静な部分がなくなってしまう。身体も心も思考も全部もっていかれるみたいだ。速水が同性だからなのか。ただ単にいままでより大きく惹かれているということなのか。

「ぶうう」

海翔が不快そうに唸る。

今夜はなかなか寝てくれない。泣いてぐずりはしないものの、大きく目を開けてなにかが気に食わないのだと主張し続けている。「ぶうう」やら「うばあ」やら、ご機嫌なときと同じ言葉でも、不快さが滲《にじ》み出ている。多くを喋らなくてもはっきりと伝わってくる。ときどき虫でも払うみたいに顔の前で両手を振り回したりもする。

大人ほど整然とした思考回路ではなかったとしても、赤ちゃんにだって眠れない夜のひとつやふたつあるだろう。

蓮は海翔を抱き上げると、ブランケットで小さな身体を包んで外に出た。昼間は上着がなくても過ごせるが、夜はまだ冷える。抵抗力の弱い海翔のことは守ってやらねばならない。風邪を引かれては困る。

だが、海翔はブランケットが邪魔でたまらないとばかりに手足をばたつかせた。屈伸《くっしん》するように動く膝が蓮の胸元を蹴る。たいした力ではなくても油断していれば痛い。

「だあっ」

海翔が頬を膨らませる。小さな唇に涎《よだれ》が伝った。ガーゼの端で拭いてやると、海翔は不満そうに身体を捩った。丸っこい膝がまた胸にぶつかる。

「蹴らないで」

やんわりと窘《たしな》める蓮の口調を邪魔するように「うぶうっ」と一際大きな声を上げた。不満の理由がなぜわからないのかと言わんばかりに手足をばたつかせる。

「海翔くん。いい子にしよう。ねっ」

蓮は落ち着きなく蠢く海翔の背中をそうっと撫でる。

「やぁんっ」

海翔が両手を突っ張って伸ばし、蓮から離れようとする。この前泣き喚《わめ》いていたときより不機嫌そうだ。

蓮は勝手口の木戸を開けてすぐのガードレールに腰かけて、海翔の顔を覗き込んだ。膝を支えにして海翔のブランケットを巻き直し、やんわりと左右に揺らしてやった。

「うぶぅっ」

海翔はまだご機嫌斜めの様子で頬を膨らませたり、唇を尖らせたりしている。

「海翔くん、お散歩行く？」

「だあっ」

いっぱいに広げた手のひらが蓮の顔へ伸びる。蓮は包み込むように小さくてつるつるの指先を掴んだ。海翔がすぐに蓮の指を握り締めてきた。

「ちょっと行こうか」

蓮はぶうっと膨らんだ海翔の頬を突くと、ガードレールから立ち上がった。少しだけ手足の動きがおとなしくなった海翔を抱き直し、深更の歩道を歩き出す。視線を上げれば数日前より満月に近づいた白っぽい月がある。黒い空の星はまばらだ。

このあたりには無駄に煌々《こうこう》と光を放つ終夜営業の店舗はない。だから、一番遅くまでシャッターを開けているスーパーマーケットが閉まる午後十時頃で一旦《いったん》人通りが途切れる。次に動き出すのは終電が到着する午前零時前後になる。

もうどちらの時間も過ぎている。動くものはなにもない。

怖いと言えば怖いが、逆に考えれば誰もいないのだからなにも起こらないとも言える。

この前の公園まで行って戻って来よう。ゆっくり歩いても十五分くらいの散歩だ。

スニーカーが石畳のような歩道を擦《こす》る。つま先に街灯の蒼ざめた光が滑った。

腕の中で海翔は時折思い出したみたいに「ぶうう」「うだぁ」と繰り返している。そのたびに見やると、小さな唇を尖らせて、むにむに動かしていた。なにか不満を言っているつもりなのかもしれない。優しく呼びかけたら、口元に持ってきた親指を咥《くわ》えて思いきり頬を膨らませた。

額と頬のバランスが見事なくらいに真ん丸だった。

「満月がここにもあるみたいだな」

なんだか微笑ましくて、愛おしい。

蓮は海翔の額に鼻を寄せた。甘ったるいミルクとベビーパウダーの匂い。夕方、食事の支度に追われる照子に頼まれて沐浴《もくよく》させたあと、真っ白な粉をはたいた。手触りも香りも心地よかった。量が多過ぎだとも言われたけれど、海翔は気持ちよさそうにうっとりとしていた。漏れた笑い声もご機嫌だと判断できるものだった。

あの後もしばらく海翔はにこにこしていた。どこにぐずるきっかけがあったのか、よくわからない。

（やっぱ、俺が扱い下手なんだろうなぁ）

いままではたまたま海翔がいい子だっただけだ。今夜みたいなことが続けば、きちんと対応しきれる自信はない。夜間ベビーシッター業も途端に困難になるだろう。

（こんなんじゃ、クビになっちゃうよな……）

家主に「告白」されたからといって、無能ではそれとこれとは話が別だと思う。速水は仕事の出来ない人間に厳しそうだ。長く傍にいる照子は家事万能だし、エイスケたちも蓮が知らないだけできっと有能なのだろう。

「蓮！」

静かにエンジンが止まり、背後から声がかかった。

ひとつ深呼吸をしてから振り返る。

振り返る前からわかってはいたけれど、視界がしっかりと認めると胸が苦しくなる。鼓動が激しい。この頃、速水はもうフルネームで呼ばない。

「こんな時間に散歩か」

当たり前のように靴音が近づいて来て、肩を捕まれた。大きな手のひらに込められた力が強い。

マイクロシャドーストライプ柄のチャコールのスーツに濃いブラウンのネクタイを合わせている。速水は結構ブラウン系の色彩を好む。

「また海翔がぐずったのか」

「……いえ」

蓮は曖昧に首を降った。

すぐに視線を外したのに、深く覗き込まれる。視界が奪われて、完全に翳《かげ》る。端正な眼差しにぞくっとする。

速水は言葉での答えを求めたり、せっついたりはしないけれど、蓮がなにも言わないから了承したと思ってでもいるのか、やたらと距離を縮めてくるし触れてもくる。指先や唇の熱に情欲のようなものを感じずにいられるほど無頓着《むとんちゃく》ではない。それが男同士であっても淫らな願望を含んでいると察することもあるのだ。

たぶん、長くふたりきりでいたらいつかはキス以上のことを求められる。そこで抗ったのでは遅い。その気がないのなら、きちんと伝えなければいけない。

速水のことは嫌いではない。むしろ惹かれている。優しくされれば嬉しい。海翔に向ける眼差しのやわらかさを羨《うらや》みもした。でも、それは人間としての憧れで、恋愛に結び付けたいわけではない。

違う。

だが、まっとうな思考のどこかに、ほんの数パーセントとはいえ、そうなっても構わないと思っている部分がある。認めないわけにはいかないくらいはっきりと、ときどきその感情が顔を出すのだ。

どちらが本音なのかわからなくなる。

「貸せ」

「はい？」

速水の腕が伸びて、海翔の身体を抱える。

「寝なくて困らせたんだろう」

「困ってはいないですけど」

「嘘をつくな。海翔が普通に寝ていれば、こんな夜中に出てくることはない」

あっさりと海翔を抱き取って、胸元に寄せながら、速水がゆっくりと歩き出す。月と街灯に照らされて、黒くなりきらない夜のアスファルトに速水の細長い影が伸びている。

蓮は影の頼りなさと速水の姿勢の良い背中を見比べて、しばらく佇んでいた。

街灯の真下で速水が立ち止まり、肩越しに蓮を見た。光と闇に縁取られて表情はわからないのに、速水が微笑んでいるように思えて、蓮は息苦しいものを覚えた。

(この人はどうして俺が好きなんだろう。その少し前には苛つくって、正反対の言葉を言い放ったくせに)

改めて困惑を覚えてしまう。

告白はただの冗談でも、蓮をからかおうとしたわけでもないのは、それ以降の速水の態度を見ていればわかる。

不意に海翔の笑い声が聞こえた。

はっとして、蓮は双眸を細めた。

「きゃっきゃ」と無邪気にはしゃぎながら、海翔が速水のネクタイを引っ張っている。あんなに不快でたまらないという態度だったのに、父親の腕は相当居心地がいいのだろう。血のつながりが無条件に作る絆というやつかもしれない。

「蓮」

海翔にされるがままになりつつも、速水は蓮を呼ぶ。

蓮は軽く唇を引き締めた。

「そのあたりを少し一緒に散歩しよう」

誘いかけてくる速水の声がひどく優しい。

「……もう遅いし。速水さん、明日の仕事に差し支えますよ」

「心配はいらない。移動の車でも寝られる。エイスケの運転は穏やかだからな」

「エイスケさん……」

速水を送って来た車のことを思い出し、蓮は振り返った。

門前のベントレーの消えていたライトがぱっと点いた。薄暗い運転席にはまだ人影がある。エイスケがぺこりと頭を下げた。蓮も会釈《えしゃく》を返す。

「蓮、早く来い」

「は、はい」

蓮はベントレーを気にしつつも速水に駆け寄った。速水の腕の中の海翔が蓮のほうへ手を伸ばしてくる。街灯の青白い光を受けた頬がいつも以上につやつやしていて可愛い。

蓮が速水の隣に立つと、海翔が背伸びをするみたいに丸っこい腕を更に差し出す。小さくて細い指がぎゅうっと蓮のシャツの襟元を握る。海翔の笑顔がいつもよりも愛おしい。

蓮はそっと両手で海翔の手を包み込んだ。

「こいつも本当におまえが好きなんだな」

「……え」

想像もしなかった言葉が降り落ちてきて、蓮はびくっと顔を上げた。

「遺伝子は馬鹿にできんということだ」

街灯の光に縁取られた速水の眼差しは、いつもより更に整って見える。口元がふわりと緩む。微笑みになりきらない躊躇《ためら》いのような気配が過った。

「同性など、絶対に好きになるはずがないと思っていたが、人間の『絶対』や『はず』ほどあてにならないものはない」

速水が一歩蓮に近づいて来た。後退ろうとしたが、すかさず腕を掴まれて動けなくなった。

「不思議なんだがな。どんどんおまえを……蓮を好きになっている」

「速水、さん……」

「妻を最後の恋にするつもりで結婚した。あいつを亡くした以上、もう誰に心を動かされることもない。そう思っていた」

速水の指先が肌に食い込む。痛いというより熱い。骨まで軋んで鼓動を叩きつける。これは接触されているからの動揺なのか。速水に想いを告げられて、引き摺られるように恋愛感情を抱きはじめているのか。

裏社会に生きる人間かもしれないとの疑いは消えていないのに。

どんなに近くにいても、優しい瞳を向けられても、速水が正体不明であることに変わりはない。

「気がついたらおまえのことを考えている。顔を見たくなってしまう。妻に対してもここまで激しい想いは抱いたことはない」

速水の深く低い声の響きと甘やかな囁きは、なおも蓮の感情の敏感な場所を的確に刺激してくる。

完全に気持ちを許していい存在ではないと、速水と向き合うたびに意識のどこかで警戒信号が鳴っている。それは日々大きく強くなって、無視ができる状況ではないけれど、同じくらいの勢いで速水に引っ張られていく本能がある。

「……俺のこと、なにも知らないでしょう」

掠れそうになる声で答える。自分も速水のことを知らないのだと言外に含ませたつもりだった。

「すべてを知らなければ恋はできないか？」

　速水は想像もつかなかった言葉を、照れるでもなくさらりと口にした。鼓動が詰まるみたいにいびつな飛び跳ね方をした。急速に、だが不恰好《ぶかっこう》に加速している。

「慣れないことを一生懸命にやっている姿を見ていれば、おおよそどんな人間なのか察しはつく。俺も伊達《だて》に人の上に立っていない」

「苛つくから避けてたんですよね？」

「蓮の態度がはっきりしないから苛つくのだとばかり思っていたからな」

　速水はふっと笑った。いつもの速水だが、吐き出した笑いが途切れたとき、なにか切ない痛みを受け取ったような気がした。

　もちろん、錯覚、だと思う。速水には似合わない。

「でも、違った。やっと気づけた」

「違った……？」

「ああ、違っていた。意識的に自覚しようと思わなければ、自分の気持ちもわからないものなんだな」

　速水が整った顔を近づけてきた。

　鼻先と鼻先が触れ合う。吐息が頬へと滑る。腕に食い込んだ指先の力はまた増す。海翔が「きゃあっ」と笑う。

「蓮、俺の心を乱した責任をとれ」

速水の手のひらにまた力が加わる。みしりと骨が軋む。速水と海翔に同時に身体を引っ張られるように、蓮は彼らが作る影の中に入り込んでしまう。

「おまえが納得できるまで何度でも言う。好きだ」

言い終えないうちに速水の唇が蓮の唇を塞いだ。

優しく唇の在《あ》り処《か》を確かめるだけのキス。舌が歯列を割るような激しさも、蓮の呼吸を奪い切るほどの猛々《たけだけ》しさもない。

それでも重なったふたつの唇の熱で蕩《とろ》けそうだ。速水の唇が僅かに動き、食まれているみたいな感覚に陥る。頭の中で速水の「好きだ」という言葉がぐるぐると回る。

唇がまた少しだけ蠢き、キスが深くなる。

「……んっ」

侵入はなにもないのに、呼吸が切ないくらい苦しい。

蓮は咄嗟に速水の二の腕を掴んだ。目で見ている以上にしっかりとした筋肉にぞくぞくする。下腹部が浅ましく疼く。指が震える。

こんな優しい唇の重なり合いで、こんなふうに感じるだなんて。

もう一度味わうみたいに動かしてから、速水はゆっくりと唇を放した。

海翔は、父親と蓮の間の背徳的な行為に気づくはずもなく、無邪気に楽しげな笑い声をたてる。小さな指はしっかりと蓮のシャツの襟を握り締めている。

蓮は苦しかった呼吸を整えながら、速水と海翔を見つめた。速水の唇が濡れているように思えて、背筋に劣情めいた痺れが奔る。尾骨のあたりから力が抜けていく。

速水は崩れ落ちそうになった蓮の腕を引っ張り上げた。速水の端正な眼差しが視界を完全に埋める。

「速水さん」

「好きだ。本当に、愛している」

想いをプラスするように言い放つと、速水は再び蓮に唇を重ねた。

街灯の光を頼りに、静寂に満ちた深更の道をゆっくりと歩き、さほど広くもない公園を一周して戻って来た。たぶん一時間近く経っているが、ベントレーは同じ位置に停まったままだった。車内灯を点《とも》し、エイスケがなにか雑誌を読んでいた。

なぜ、まだ運転席にいるのだろう。雑誌を読むのなら屋敷に戻ればいいのに。

速水が屋敷に入るまでは勤務が終わりにならないということなのか。

「少し海翔を頼む」

「はい」

可愛い寝息をたてている海翔を蓮に預けると、速水がベントレーに近づき、運転席の窓を指先で叩いた。エイスケが顔を上げる。特に驚いた様子はない。パワーウィンドウがするすると下りる。

「おかえりなさい。のんびりデートでしたね」

エイスケの口調は珍しくいたずらっぽい。

「余計なことは言うな」

速水が腕を伸ばし、エイスケの額を叩く。

「こりゃ失敬《しっけい》しました」

「もう上がっていい」

「了解です」

エイスケが頷いて、雑誌を閉ざした。

「残業させて悪かったな」

「慣れてますから。いちいちそんなこと言わなくても大丈夫です」

「そんなにしょっちゅうじゃないだろう」

速水はいかにも愉快そうにエイスケの髪をくしゃりとかき回した。エイスケは逃げもせずにされるがままになっている。

「俺が運転するときには多いですよ」

「そうだったか」

「あんた、俺に対して甘え過ぎなんですって」

エンジンをかけながら、エイスケは肩を竦めた。

「おまえに甘えなかったら他に場所がない。ショウタもミツオも無理だし、照子は」

「いるじゃないですか」

速水の言葉を遮って、エイスケがちらりと蓮を見た。大袈裟なくらいに大きく、ひとつ鼓動が跳ねた。蓮は慌てて視線を外した。

（あれ……門が開《いか》いてる）

速水家を守る厳めしい黒い柵、大きな門柱。夜の中でもひどく存在感がある。

一度もひとりで通り抜けたことはない。最初の夜は速水と一緒だったし、買い物などに出るときには裏木戸《うらきど》を使う。照子やエイスケたちも単独でここを開けて出入りすることはない。

屋敷の主のためだけの門。

いつしかそう判断するようになっていた。

（オートロックを外してから俺に気づいたってことかな）

ここの開錠方法を蓮は知らない。教えてくれる様子もないから、聞こうとも思っていない。照子たちは知っているのだろうか。開けている姿を見たことはないけれど。

然体格の良い男たちがふたり現れた。

「うわ……っ」


「誰のことだ」

「誤魔化しっこなしで」

「エイスケ」

「あんた、見え見えなんですよ。わかりやす過ぎ」

揶揄《やゆ》するようなエイスケの笑いが聞こえ、それが合図だったかのように門の内側から突然体格の良い男たちがふたり現れた。

「うわ……っ」

暗がりから黒ずくめの大男なんて、心臓に悪いことこの上ない状況に悲鳴をあげそうになった。大男の片割れがよく速水を迎えに来る人間だと気づき、すぐに唇を引き結んだ。

彼らは蓮には目もくれず、まっすぐに速水の傍へ駆け寄る。速水とひとことふたこと、聞き取れないほどの低い声でやり取りすると、やっと気づいたとばかりに速水の背後にいる蓮にも不気味なほど恭《うやうや》しくお辞儀をした。蓮も頭を下げた。

が、彼らは蓮の反応の有無《うむ》などどうでもいいのだろう。すぐに意識を速水に戻した。また何事か難しそうな話をはじめる。切れ端しか聞こえないせいなのか、もともと蓮にはわからない業界の用語なのか。八割近く意味がわからない。

なんとなく理解できたのは、専門的な用語を排除しても変化のない部分のみ。明日も速水の出勤が早いこと、早急に決めなければならない事案があるらしいこと程度だった。

もっとも、速水の仕事内容を把握《はあく》したいと思っているわけではないけれど。

「じゃあ、車いいですか？」

エイスケが話の切れ目を待って、男たちに声をかける。背が高いほうの男が不愛想に頷くのを確かめてからエイスケがベントレーを降りた。

白いTシャツに黒いナポレオンジャケットを羽織り、レザーパンツとサイドゴアブーツ。シンプルだが、お洒落だ。細身のエイスケによく似合っている。

走り出す車を見送るために退いたブーツの踵が歩道に引っかかった。

「あっ」

同じように後ろに下がった速水がすぐさまエイスケを支える。エイスケが照れくさげに舌を出した。

「おまえ、意外にそそっかしいよな」

「あんたが支えてくれるってわかってましたからね」

「ほっておいて転ばせばよかった」

速水はエイスケの頭を軽く叩いて、彼の身体を支えていた手を放した。

「あんたは絶対にそういうことはしませんよ」

にやりと笑んで、エイスケが蓮を見た。「ね」と同意を求めてくる。蓮はどう答えてよいかわからなくて、曖昧に首を傾げた。腕の中で海翔が「うにゅ」と指をしゃぶる。まろかやかな頬と小さな唇が小刻みに動いている。

「随分いい人に思われているんだな」

「いい人とかじゃなくて」

エイスケが速水のネクタイを掴む。緩んでいた結び目が解け、ワイシャツの襟が捩《よじ》れて裏返った。

「速水皓一郎は身内に甘いんです」

「そうかな」

「ほんとに自覚してない人だなぁ。屋敷に住まわせてるメンツ見たらわかるじゃないですか。ショウタはともかくミツオなんて、普通は雇いませんよ。まともに足し算もできないのに」

エイスケは速水のネクタイを抜き取ると、猫背気味に腕を組んだ。上目使いに速水を見据える。速水は面倒そうに顔を逸らした。

「それでもあいつにはあいつのいいところがある」

「その倍、悪いとこがありますけどね」

エイスケは速水の背後に回り込むように足を進めた。

「嫌いなのか」

速水がちらりと真後ろにきたエイスケを見やる。エイスケは「別に」とぼやけた口調で答える。

「だったら、飲んでもいないのに絡むな」

速水は呆れたのか、露骨な溜め息を吐く。エイスケから外した視線が蓮に流れてくる。目が合って、速水が困惑気に眉根を顰めた。

速水からもエイスケからも同意をそれぞれの形で同意を求められても、返事に困ってしまう。どちらのことも深く知らない。速水には告白されたことで引っ張られつつあるけれど、近しい存在ではないのだ。

改めて速水との距離の不安定さを思い知る。限りなく他人に近い同居人でしかない。どんなに抱き締められてもキスされても。

蓮はさっきエイスケにそうしたように首を傾げるしかできなかった。

「絡みたくもなりますって。あんた、無自覚過ぎるから、ほんとやだやだ」

早口に言い放ちながら、エイスケが門をくぐって行く。

「なんだ、そのひっかかる言い方は」

速水が億劫そうにひとつ溜め息を漏らした。エイスケは振り返ろうとはせずに、まっすぐに敷石を歩いている。僅かに丸まった背中が黄ばんだ外灯の光の中に浮かび上がる。

「エイスケ！」

苛立たしげに速水が声を荒げる。

やはり、エイスケは振り返らない。玄関の鍵を開け、さっさと屋敷へ入ってしまう。

「エイスケ！　なんで無視だ、おまえ！」

速水はつかつかとエイスケのあとを追いかける。

ふたりに取り残された蓮は「なんだろ……」と呟くと、甘ったるいミルクの匂いを漂わせて眠る海翔を見つめた。


みしりと鈍《にぶ》い音がした。

「あれ……？」

蓮は天井を仰いだ。いま屋敷内には誰もいないはずなのに、足音めいた軋みだった。

朝食を済ませてから布団を敷き、うたた寝をはじめて間もなく、照子が海翔の散歩に出ると言いに来た。一緒に行きたかったが、留守番を頼まれた。速水やエイスケたちの予定を確認してはいないけれど、照子が留守番と言うからには不在なのだろうと判断した。

あれから一時間近くになるものの、照子が帰った様子はない。

また天井が軋んだ。

「誰かいる……？」

二階には速水の部屋と書斎しかない。その速水は外出しているはずだ。

いや、たぶん、いないと思う。

　蓮は雑誌を閉ざし、ゆっくりと布団から起き上がった。また二階で誰かが歩くような軋みがあがった。

「速水さん、帰ってるのかな」

　最近の速水はよく昼食をとりに帰宅する。だが、まだ昼食には早いし、帰宅していれば、決まって蓮の部屋にやって来るのだが、今日は朝出かけるのを見送ったきりだ。もちろん、蓮に関わっている暇などなく屋敷に立ち寄った用事を済ませて、再び出て行ってしまうことだってあるだろう。

（多忙な速水さんがいつも俺を意識して行動するわけないのに。「好きだ」って言われたからって、図々しい）

　蓮は自嘲の吐息を漏らした。

　どうしようかと少し迷ったあと、蓮は部屋を出た。天井がまたもや軋む。

「やっぱり、誰かいるよなぁ」

　許可なく二階に上がっていいのかわからない。でも、人の気配が気になってしかたがない。

　蓮は誰もいないのだと思いつつも足音を忍ばせて廊下を歩いた。二階で今度ははっきりと誰かが歩いている。

「気のせいじゃない」

蓮は階段のところまで来て、上を見上げる。灯りはついていないが、人の気配だけはある。だが、上がって行って確かめても良いものだろうか。

放っておいて、あとで大事なものがなくなっていたりしても困る。軋みも人の気配も勘違いであれば問題ないのだ。

(……見るだけ)

言い訳のように頭の中でだけ呟いて、蓮はゆっくり階段を上がった。古い屋敷だからどんなに気をつけてもみしみしと体重分の音が鳴る。二階に誰かがいれば、それが不届きな狙いで侵入して来たような人間であれば、この音でも驚いて逃げ出すに違いない。見つかってもなお、犯罪行為を続けられる度胸《どきょう》を持つ者など滅多にいないと思う。

(ヤクザとかなら、また違うんだろうけど)

ふと、本当にごく自然に「ヤクザ」という言葉を思い浮かべてしまって、慌てて打ち消す。速水の正体を疑い続けているから、どうしてもそこに結びつくのかもしれない。

「あ……」

踊り場で足を止める。

話し声が漏れ聞こえている。それもこっそりとした音量ではないから、人の気配どころではない。確実に、誰かがいる。

いや、「誰か」ではない。速水の声だ。饒舌《じょうぜつ》な男ではないが、低く深い声色には独特の癖があるのですぐにわかる。話している相手はエイスケだ。エイスケは速水ほどの個性はないけれど、穏やかな喋り方の速度と速水を「あんた」と呼ぶせいで区別がつく。ショウタやミツオなら絶対に「速水さん」だ。

いつの間に二階に上がったのだろう。

エンジン音も玄関が開く音もしなかったはずだ。蓮が寝ぼけていて聞き逃したのだと言われれば否定はできないけれど、たぶん、誰かが帰宅すれば気づく。速水家は基本的に静かだから、大抵の音が響くのだ。

蓮は声のするほうを見つめた。

ミルクチョコレートみたいな色をした分厚いオーク材の扉が数センチ開いている。ちらちらと白っぽい布地が動くのがわかった。

「ほんっと手がかかりますよね」

「うっせぇわ」

「睨んでも迫力ない」

エイスケがからかっている。速水が大袈裟に舌打ちして、エイスケが本当に愉快そうに笑った。

「笑うな。耳障《ざわ》りだ」

「ああ、すみません。つい」

「悪趣味な奴だよ。まったく」

速水の声はひどく頼りなく、疲れ切っていた。

らしくない口調に胸が悶えた。鳩尾の奥がきゅっと締めつけられる。眼球の裏側が熱くなった。

なにかあったのだろうか。エイスケが笑っているのだから大事ではないと思うのだが、速水の声に張りがないのが気になる。

かといって、いきなりドアを開けて「どうかしたんですか？」と訊く勇気もない。マナー違反の立ち聞きがばれてしまう。

「いつも俺たちに偉《えら》そうにしてる罰ですよ」

「罰ってな……」

速水の声がまたか細くなる。

（罰……？）

そんなふうに表現されるなんて、本当にいったいなにがあったのだろう。

蓮は更に足音をたてないよう注意しながら残りの階段を上がった。ふたりの声が近づき、速水の口調の頼りなさにますます切なくなる。

速水にあまりよくないことが起きているようで、確かめるのが怖い。怖いけれど、このままなにが起きているのかわからないままはもっとつらい。

蓮はドアに歩み寄り、そうっと室内を覗いた。

ベッドに横たわる速水の姿が見えた。

（速水さん……）

ワイシャツの胸元が乱れ、苦しげに大きく上下している。右腕で目許を覆い隠しているが、唇が薄く開く様子がぎこちない。時々喘ぐみたいに顎が上がる。呼吸がしにくいのかもしれない。

ベッドの傍らにはエイスケが跪《ひざまず》いている。

「あんた、市販薬大丈夫でしたよね？」

「どういう意味だ？」

速水が怪訝そうに腕を下げ、エイスケのほうを見やる。切れ長の双眸が真っ赤に充血していた。

「ミツオはアレルギーがあって、市販の解熱剤とか風邪薬とか飲むと蕁麻疹《じんましん》出るから。そういうの、あんたは大丈夫だったかなと」

「……ああ」

そういう意味かとばかりに速水が数回頷く。その合間に漏らした吐息がひどく苦しそうだった。結構熱が高いのかもしれない。

「ミツオも面倒なガキだな」

「だからこそ、追い出さないくせに」

　エイスケが鼻で笑って、薬のパッケージを破る。蓋のところに無造作に親指を突っ込んだせいで箱がぼろぼろになっていた。穏やかな言動の多いエイスケにしては乱暴だが、それだけ速水の体調が気がかりなのだろう。

「あんた、面倒な人間が好き過ぎますよ」

「俺自体が面倒なんだから、同類を選んじまうってことだろう」

「ま、おかげで俺も助かってんで、なんも言えないですけどね」

　言いながら、エイスケが速水の肩を突く。腕の隙間から速水の視線が動く。いつもの鋭さは完全に鳴りを潜めて、縋りつくようないたいけな表情だった。

　離れて窺っているだけでも、胸が締めつけられる。飛んで行って「大丈夫」だと言ってやりたくなってしまう。普段はあまり感じないけれど、こんな表情をされたら海翔によく似ている。やはり親子だ。

　エイスケに起きるように言われ、速水がしんどそうに身体を起こす。粉薬の包みと水の入ったグラスを渡されて、うんざりとした顔をした。

「薬嫌いとか、そういうのなしですからね。さっさと飲んでさっさと熱下げてください」

「わかっている」

「あんたがぶっ倒れたまんまじゃ、うちは二進も三進もいかないんですからね」

「ああ、わかっている」

「弱み握られたら終わりの状態なんです。きついだろうけど、もうちょい頑張っててくんないと」

「わかっていると言っているだろう」

エイスケの説教に焦《じ》れて、速水は熱のせいで掠れてはいても鋭さを保った口調で言い放った。盗み見ている蓮さえもびしゃりと切りつけるみたいな強靭《きょうじん》さを内包していた。

蓮は思わず、半歩ほど後退った。廊下が軽く軋んだが、速水もエイスケも気づかない。速水は体調が悪くて周囲への意識が薄れており、エイスケも速水のことが心配で、他のことにまで気が回らないのだろう。

「にが……」

速水がぽろっと泣き言めいた呟きを漏らした。薬包紙をぐしゃりと丸め、まだ水の残ったグラスをエイスケに押し返している。

「良薬口に苦しです」

「偉そうに」

「あんたほどじゃない」

エイスケはなぜかグラスの水を一気に飲み干して、自虐的に笑った。ちょっと不気味だと、蓮は思った。

「なんだ、その笑い」

速水も同じ感想を持ったらしい。不審そうにエイスケを見ている。

「別に」

エイスケがふわりと首を横に振った。

「おまえ、最近引っかかるぞ。言いたいことがあるならはっきりと言え。そういう態度が俺は一番好きじゃない」

「知ってますよ」

「だったら」

「あんたが無頓着過ぎて、腹が立つんです」

速水の言葉を押し潰すみたいに遮って、エイスケはナイトテーブルにグラスを叩きつけた。速水が驚きに双眸を見開く。充血した瞳が揺れる。

「普通気づきませんかね、いろいろと」

「なにが言いたい？」

「あんたさ。俺がなんで高校のときから、十年以上もずっとくっついて来たと思ってんの？」

まるでスイッチが切り替わるように、エイスケの喋り方がぞんざいで乱暴になった。苛立たしげに髪を掻き毟《むし》っている。

「ただの先輩後輩の延長？　俺が馬鹿やって行き場なくしたから？」

「エイスケ？」

「その程度にしか考えてなかったんなら、あんたの目はすっごい節穴《ふしあな》です。人の上に立つ資格なんかありません」

どんどん口吻《こうふん》は速く、刺々《とげとげ》しくなる。速水には伝わっていないようだが、蓮にはエイスケの言おうとしていることがよくわかった。第三者には見えても当人には見えないことはたくさんあるけれど、こんな想いを気づいてもらえないのはつらい。

速水はエイスケを傍に置きながら、結婚して子どもが誕生した。ごく普通に当たり前の家庭を築こうとしている速水が相手では報《むく》われないと、一度は諦めたに違いない。

でも、妻を亡くし、乳飲《ちの》み子と残された速水がいきなり現れた同性の蓮に対して恋愛感情を抱くようになったら――混乱と焦燥《しょうそう》と嫉妬でわけがわからなくなってしまうだろう。

いままで我慢してきたのはなんだったのかと腹も立つはずだ。

蓮がエイスケの立場だったら、速水にも後から現れた誰かにも思いきり苛立ちをぶつける。醜《みにく》い憎《にく》しみだって見せてしまうと思う。速水の結婚という最大の失恋で学習して、ただ傍にいることだけを選んだのに、と。

大人の分別でどうにかなるものではないだろう。

「……どうせ駄目なんだったら、もっと完全に諦めさせろよっ」

エイスケは呻《うめ》くみたいに吠えると、速水の襟元を掴んだ。異様に力が入っていることが拳《こぶし》の形でわかる。

引っ張られて速水の身体が仰け反った。苦しそうな息が縺《もつ》れている。

「いまさら、男でも大丈夫ですみたいなの見せられて、俺はどうすりゃあいいんですか」

「落ち着け……っ。エイスケ、落ち着け」

速水の声に動揺が滲んだ。

「落ち着いてますよ。俺はびっくりするくらい冷静です。冷静過ぎて、改めて実感した。あんたがどうしようもなく好きだ。惚れてる。先輩後輩なんかじゃなくて、上司としてでもなくて、正直、あんたとヤりたい」

エイスケが速水を引き寄せて、ぐっと抱き締めた。びくっと速水の身体が上擦る。

蓮は声を漏らしそうになって咄嗟に両手で口を押さえつけた。生温い吐息と鼻息が混ざり合って不気味なくらいに手のひらの中が熱い。

「あんたのこと考えてひとりでヤるのとか、誰かを代わりにするとか、とっくに限界なんだよ。だいたい街で買った男とかミツオとかであんたの代わりなんかなるわけねぇ」

エイスケの吐露《とろ》する激情が強烈過ぎて、足元がふらつく。あんなふうに人を好きになったことなんかない。速水の告白にしたって優しくて、蓮に迷うだけの余地《よち》を与えてくれていた。

でも、エイスケの想いにはそんな隙間がない。受け入れる以外のすべを失わせる。

「いい加減に……」

絞り出すように抗って、速水がエイスケの身体を剥がそうと蠢く。エイスケのシャツすら掴めずに滑り落ちて、速水はエイスケに完全に包まれてしまった。

「嫌です」

「エイスケ……っ」

「一度くらいいいじゃないですか」

エイスケが速水のワイシャツ越しの肩に歯を立てた。速水が「くっ……っ」と呻く。

蓮は下腹部から湧き上がる淫らな悪寒に苦しくなって、その場から逃げ出した。床が軋むのも、足音が響くのも、覗き見がばれるかもしれないなんて気遣いも、もうすっかり頭から抜け落ちていた。

風呂場騒動のときよりも、最初のキスと告白のあとよりも、何倍も気まずくて、蓮は速水とエイスケを避けた。朝食の時間をずらせば、ほとんど顔を合わせずに済むから、夜間ベビーシッター明けには照子にだけ挨拶をして部屋に籠《こも》るようにした。

速水が部屋をノックしてくることもなくなった。

たぶん、速水は、あの日の出来事を蓮が覗き見していたことに気づいている。いくらなんでも逃げ出す足音が聞こえなかったわけはないし、露骨に自分を避けるのが蓮だけだとなれば、答えは簡単だろう。

寂しいと思わないでもないが、いまは顔を合わせたくないという気持ちが勝《まさ》っている。もともと、蓮がこの屋敷でしなければならないのは海翔のお守りで、速水との恋愛ではない。

だから、これでいいのだと割り切ればいい。速水とエイスケがあのあとどうなったかなんて、気にする必要はないのだ。

速水は発熱で二日ほど寝込んだようだが、以降はごく普通に毎日を過ごしているらしい。表向き、エイスケとの関係に変化が起きている様子もない。少なくとも照子たちが特に話題に上げたりはしないのだから、目立った違和《いわ》はないのだろう。

「大人ってすごいね」

ぼそりと呟いて、お腹を畳につけてぐるぐると回ったり、前へ進んだりしている海翔を見やった。「きゃあきゃあ」言いながら、その程度のことでも本当に楽しそうだ。この動きがやがてずりばいになるのだと照子から聞いた。

そういえば、昨夜、海翔に下の前歯が二本生えているのを確認した。これも照子から聞かされていたけれど、なかなか確かめるチャンスがなかった。このところ歯固めのおもちゃを繰り返し噛んでいたから、歯が生えるむずかゆさを堪えていたのかもしれない。

海翔は日々成長している。大人の毎日より変化がわかりやすい。ミルクや離乳食以外を食べられるようになるのもそう遠くはない。お喋りだってすぐにはじめる。そのときに海翔は蓮をなんと呼ぶだろう。どんな存在として認識するのだろうか。

腹這いの海翔の足がぴょこぴょこと動く。タオル地のうさぎのぬいぐるみに手を伸ばし、きゅうっと握る。ピンク色の長い耳がくるんと回る。

「ね、海翔くん」

蓮は膝を抱えて、海翔のひとり遊びを眺めた。海翔がうさぎの耳を口に含む。もにゅっと唇が動いて噛み締めている。タオル地の擦れる音がする。

自分は大人の側の人間だけれど、速水やエイスケのようにはなれない。誰かを好きになったら、それが異性であれ同性であれ、隠して誤魔化して傍にいるなんてできない。あの日のエイスケみたいな爆発を十年以上も堪えるなんて無理だ。もともと隠し事は得意じゃない。

「ちょっ、ちょっと！　照子さんっ！　バスタオルっ！」

突然玄関のほうが騒がしくなった。勢いよくドアが開き、いくつもの靴音と男たちの声がわんわんと響き渡っている。

「消毒液も！」

「いや、とにかくタオル！　家中の持ってきてっ！」

「早くっ！」

「あと電話っ！」

「いそげっ！　先生に来てもらえっ！」

　エイスケやショウタ、ミツオの声以外にも知らない声が喚きたてている。いきなりの騒々しさに驚いて、海翔の動きが止まる。小さな口からタオル地のうさぎの耳が落ちる。見開かれた真ん丸の瞳が喚き声のするほうを凝視していた。

　蓮は凝固したみたいになっている海翔の傍に身を寄せ、玄関の騒々《そうぞう》しい言葉たちの内容を咀嚼《そしゃく》してみる。

　タオル、消毒液、電話、先生――それらを急がなければいけない状況。

（先生が医者だとしたら、誰かが怪我をした……？）

　そして、いま声がしていないのは。

「速水さん？」

　蓮は爆《は》ぜるように立ち上がって、海翔を抱くと廊下に飛び出した。

　玄関にエイスケたちの他に黒ずくめの男が三人いて、速水が三和土《たたき》に蹲《うずくま》っている。エイスケが肩を抱くようにして隣にいる。ミツオが上がり框《かまち》に積まれたタオルを次々に速水の腹に宛《あて》がっては、忌々《いまいま》しげに放り投げる。三和土に投げられるタオルはどれも皆、どす黒いほどの深紅に染まっていた。

血が止まらないのか。かなり深い傷らしい。ミツオの手も真っ赤だ。

少し離れたところで照子が電話をかけている。

「速水さんっ、意識しっかりしてますかっ？」

ショウタが慌ただしい早口で訊いている。速水の背中が少しだけ揺れた。頷いたということだろうか。

「もうすぐ先生来ますからねっ」

覗き込んだショウタに速水が僅かに顔を上げた。顔色は紙のように白く、形良い唇も乾いてかさついている。頬や額、鼻先、唇、ワイシャツの襟に散った鮮血とのコントラストが凄《すさ》まじい。

鋭く整った双眸が力なく瞬いてから、ショウタを見やり、最初から決まっていたみたいに蓮のほうへと流れた。

蓮はびくっとして、よろけた。咄嗟に柱を掴んで身体を支えた。他の皆のように速水の傍に行って声をかけたり、止血の手伝いをしたりしたいのに、血まみれの姿に驚愕し過ぎて全身が硬直していた。動揺とか衝撃なんてものはとっくに通り越している。パニックとも違う。

経験したことがなく、経験するかもしれないという予測の中にもない出来事にうまく対応できないのだ。非常事態のレベルも越えている。

だって、普通なら、血まみれの誰かが帰宅してくる場所に居合わせるなど、フィクション以外では想像すらしない。

逆に速水のほうでは、蓮の混乱を察しているのだろう。

しばらく蓮を見つめたあと、速水は穏やかに、驚くほどあまりにも穏やかに微笑みを浮かべた。血に濡れた唇が美しい形に引き上がった。


速水は玄関寄りの八畳間に運び込まれて治療を受けた。動かせる状態ではないから、そのままそこが彼のための「病室」になった。

てっきり病院に運ぶと思ったのに、縫合《ほうごう》も消毒も輸血も屋敷の中で行われた。黒縁眼鏡をかけた小柄な医者は手際《てぎわ》よくすべてを終えると、特に表情を変えることもなく帰って行った。いかにも慣れていた。

以降も毎日昼過ぎに速水の様子を診《み》に来て、エイスケと照子になにごとか話していた。

速水の怪我についてなのだろうが、当然ながら、その内容が蓮の耳に入ることはない。全治《ぜんち》がどれくらいになるのか、蓮はいまだに知らなかった。ミツオもショウタも困ったように誤魔化し、照子は話題にもせず、エイスケは蓮をさり気《げ》なく避けている。

八畳間の「病室」に入れるのは照子とエイスケだけ。海翔もずっと父親に会えていない。傷が塞がらなければ海翔を抱くことは出来ないだろうけれど、顔を見るくらいさせてやればいいのにと思う。海翔の無邪気な顔を見たら、きっと速水だって癒されるはずだ。

こっそり会わせてやりたくて、蓮は海翔を抱いて「病室」の前を何度も往復した。

だが、大抵、エイスケがくっついていて、襖を開けることすら出来なかった。

想いの丈《たけ》をぶつけてしまったからなのか、ただ単に速水の身体を案じてなのか、エイスケは本当に片時も離れずにいる。夜、寝るのも「病室」なのではあるまいか。

エイスケの告白の場面を思い出すたびに苦しくなる。あのときも速水は発熱で身体の自由がきかなくて、エイスケを拒み切れてはいなかった。

いま、怪我をして身動きのとれない速水は、エイスケとふたりきりでなにを思うのだろう。エイスケはまた速水を追いつめたりはしていないだろうか。

呆れてしまうくらい、そんなことばかり考えている。

これも嫉妬だろうか。

(……俺、速水さんのこと、こんなに好きだったんだ)

ちょっと手遅れかもしれない。

いま、速水の隣には当然の顔でエイスケがいて、少し前までのようにふたりきりになることすらできない。優しい微笑みも言葉も遠い。

エイスケが告白している場面に飛び込んでやれば良かったのか。あれを遮ってさえいれば、怪我をした速水の傍にいるのは、きっと蓮だった。

同じ屋根の下にいるのに状況がわからないなんて、蛇《へび》の生殺しよりもひどい。同性に、それも正体のよくわからない男に恋するわけがないと強がるんじゃなかった。速水に惹かれている自覚はあったのだから、素直になればよかったのだ。速水の性別も職業も立場もどうでもいいのだと放り投げれば済む話だった。

理由や条件をクリアしなければ好きになれないのは、本当の恋ではない。

(ばっかみてぇ……おっせぇよ、ほんとにもう)

布団の中で折り曲げた膝先を力いっぱい殴りつけて、蓮は声を殺して泣いた。

エイスケとショウタが速水の頼まれごとで、朝食を終えるなり出かけて行った。照子も海翔の検診があると言って、昼過ぎにミツオの運転で外出してしまった。

屋敷には速水と蓮しかいない。

だからといって、すぐに「病室」に行くのは浅ましいような気がして、蓮はしばらく誰もいない食堂の椅子に座っていた。なにもないテーブルにぺたりと頬を押しつけて、ぼんやりと壁掛けの時計を見上げる。

エイスケは夕方四時過ぎには帰ってくると言っていた。照子たちだって、海翔の検診に何時間もはかからない。夕食の買い物をするにしてもエイスケたちと同じ頃には帰宅するだろう。

（あと二時間半くらいか……）

時間は限られている。いまを逃したら、いつ速水に逢えるかわからない。食後の薬を飲んで眠っているかもしれないが、それならそれで顔だけでも見ておきたい。

「よし、そうしよう」

蓮はテーブルを叩きつけて身体を起こすと、廊下に出た。

誰もいないとわかっているけれど、一応左右をうかがってから「病室」に足を向けた。

ひんやりとした板張りを歩き、八畳間の前に立つ。

ノックをする前の深呼吸の最中——。

「蓮か」

襖の向こうから声がかかった。

驚いて、呼吸を止める。閉ざされた襖を見つめた。

静かに近づいたつもりだったのに、しっかり速水には気づかれている。

「蓮だろう？」

もう一度確かめてくる声が優しい。肋骨の内側で鼓動が無様なリズムを刻みはじめる。

「……はい」

縺《もつ》れる息とともに答えを吐き出した。襖の向こうで速水が穏やかに笑う。

「入っていいぞ」

「……怪我、大丈夫ですか？」

「まだ少し痛むが、たいしたことはない。入れ」

蓮は頷いてから、そうっと襖を開けた。

布団に身を横たえたままの速水がやわらかく微笑んでいた。

そんなに間は空いていなかったのに、懐かしくて、切なくて、いとしくて、視界が見る間に滲んでいく。ぽろぽろと涙が溢れてこぼれた。みっともないと思っても止められない。

蓮は手の甲で涙を拭った。

「どうした。蓮？」

蓮が泣き出したことに慌てて、速水が身体を起こそうとした。

だが、動きのなにもかもがぎこちない。枕から頭を起こす様子も、肘をついて身体を支える姿も。

寝間着代わりの浴衣で隠れていてわからないが、やはり重傷なのだろう。

「いいです、いいです。起きなくて」

蓮は布団に駆け寄り、速水の肩に触れた。やんわりと布団に押し戻す。

その指先を速水が握り締める。蓮は引こうとは思わなかった。素直に握り返す。

速水がひどく嬉しそうに微笑みを深めた。

「ありがとう」

「……いえ」

蓮が小さく頭を振ると、速水は顎を掴むようにして止めた。

「速水さん」

「もっと、ちゃんと顔見せて」

速水はゆっくりと人差し指で蓮の唇をなぞる。切ないような震えが背筋を撫でる。蓮は肩を窄《すぼ》めて速水を見つめた。

「可愛いな」

「そんなことないです」

「俺にとっては可愛い」

速水がふふっと笑った。何度も耳にした笑い声なのに、間隔をあけて聞くと肉欲を湧き立たせる淫靡《いんび》な響きがある。下腹部がなまめかしく疼くのがわかった。危《あや》うく喘ぎそうになる唇を軽く噛み締める。

「でも、こんなふうに触れたり、見つめたりするのも、今日が最後だな」

「え……？」

意外過ぎる言葉に、震える声が漏れた。喘ぎの余韻に塗《まみ》れている。

速水はエイスケを選ぶということか。想いの激しさにほだされたのか。

「蓮を巻き込むことはできないからな」

すべてを悟りきったような低い声で言い切ると、速水は蓮の指先を放した。続けて唇をなぞっていた指先を外す。

端正な面差しから微笑みが消えていた。

「もしかしたら、察していたかもしれないが……俺は『龍盛会《りゅうせいかい》』という金看板《きんかんばん》を背負っている。三代目だ。俺の代で駄目にすることはできない」

「『龍盛会』……」

蓮は反芻《はんすう》した。

『龍盛会』といえば、物騒《ぶっそう》な業界に明るくない蓮でもよく知っている巨大な組織だ。関東では『沢海組《そうみぐみ》』『和槌連合《わづちれんごう》』と絶妙な緊張状態を保って並び立っていると、なにかで読んだことがある。下っ端同士の揉めごとも、ときどきニュースやネット上の記事で目にしていた。

普通に生きていれば一生関わりになることなどないはずの金看板だ。速水がヤクザかもしれないと思うことはあっても、まさかそこまで大きな組織のトップだとは想像だにしなかった。

ああ、だから、蓮に五千万の負債を被せた『若生連合』を容易く押さえつけることができたのだ。街金《まちきん》レベルのチンピラなど、龍盛会のトップの前では塵芥《じんかい》にも等しい。

(でも……速水さんはなんで、わざわざそんな面倒なことをしてくれたんだろう)

蓮は戸惑いとともに速水を見つめた。

「いまうちは、『和楨』と少々揉めている。以前はそれなりに友好関係にあったんだがな。向こうが代替わりしてからやたらと喉《けしか》けてくる」

速水が鈍く静かに溜め息を吐く。

「つまらない小競《こぜ》り合いをしても仕方がないと、なるべく相手をしないようにしてきた。でも、八ヶ月前、妻が殺《や》られた」

衝撃的な言葉に、蓮はぎくりとした。

八ヶ月前では、現在六ヶ月半の海翔はまだ彼女のお腹の中にいたのではあるまいか。いくらトップの妻とはいえ、臨月《りんげつ》近くの女性を狙うなどまともではない。

いや、まともであれば、ヤクザになどなりはしないか。

そうだ。まともじゃないんだ。

いま蓮の前で穏やかにしている速水だって、そんな特殊な世界に身を置いている。いざとなれば狂気に突き動かされて、残忍なこともするのだろう。速水の手足となって動いているエイスケやショウタ、ミツオたちも例外ではないはずだ。

（……ヤクザ……）

今更のように生々しい恐怖を覚える。知らなかったとはいえ、同じ屋根の下で寝食をともにして親しみを覚え、速水に対しては恋情《れんじょう》すら抱いてしまった。抱き締められてキスまでした。

怖いという感覚も確かにあるのに、速水から離れたくないと強く思っている。触れられていたい。抱き締められたい。もう一度キスもしたい。

なにもわざわざ厄介《やっかい》で危険な相手を選ばなくてもいいと、自分を窘める冷静な自分もいるけれど、本能があっさりとそれを躱《かわ》す。それでも速水を好きだと感じている。

「海翔はしばらく保育器に入ることにはなったが、ちゃんと育ってくれている。生まれた時点で母親がいない憐《あわ》れな子だからこそ、俺はあの子を精一杯愛してやりたい。幸せになってほしい。あの子には『龍盛会』とは無縁に普通に生きてほしい。だから、この屋敷には極力ヤクザっぽくない人間だけを置いておきたかった」

速水はするりと腕を伸ばし、もう一度蓮の指先を掴んだ。指と指の間に指を押し込み、絡ませる。

もどかしいような疼きと切なさで全身がぞくぞくする。速水への愛しさが一気に押し寄せてくる。苦しくて泣いてしまいそうだ。

「それでも、エイスケもショウタもミツオもしょせんうちのチンピラだ。本当の意味でまともとは言い難い。だから、蓮が現れてくれたのは素晴らしい天の配剤《はいざい》だと思った」

「速水さん……」

「変な条件で縛って悪かった」

速水は指先を折り曲げて蓮の手を握り込んだ。激しい熱が手のひらから身体中に広がって、肉欲をかきたてる。ただの接触ではない。

「『沢海』を挟んで手打ちにして、なんとかおおごとにしないようにしていたが……俺に対して鉄砲玉を差し向けてきた。拳銃とナイフなんて、二発くらわせてくるとは、さすがの俺も呆れたよ。あいつらはどうしても「戦争」がしたいらしい」

蔑むような笑みを浮かべると、速水は蓮の手を引っ張った。ゆっくりと唇に運び、やわらかく食《は》む。

「あ……」

電流めいた恍惚が奔《はし》り抜けた。蓮はびくんと身体を竦めた。

速水の舌が蓮の指先をゆるく舐める。

「……んっ」

更なる快感が爆ぜた。蓮は微かに腰を浮かせた。この程度の刺激を受けただけなのに、中芯《ちゅうしん》がにわかに熱を帯びている。恥ずかしいくらいに浅ましい反応だ。

だが、不思議と「どうしよう」とは思わなかった。

「蓮」

蓮の指先を唇から外しながら、速水が双眸を細めた。

「明日アパートに帰れ。解約はしてないだろう」

絡み合っていた指と指をゆるやかに解く。放してほしくないのに、速水を止めることができなかった。

「してません、けど」

絶望的な最後通牒《つうちょう》に、蓮は口ごもった。こう言われるだろうと予想してはいた。ヤクザ同士の「戦争」を目前にして、速水が蓮を巻き込むはずがない。

「暮らしていけるだけの収入が得られる仕事も探してある。ここでのことは忘れて、以前の麻倉蓮に戻って生きていけ」

速水の唇に再び笑みが浮かぶ。優しく包み込まれて、涙腺が崩壊する。頬にとめどなく涙が伝う。

「……ずるい」

しゃくりあげつつ、蓮は呟いた。

「ずるい？」

「速水さん、俺に好きだって、そう言ったのに」

そう言った途端、止まらない涙が号泣になった。

「蓮？」

今日二度目の涙なのに、速水がびっくりして飛び起きた。身体を起こしきらないうちに脇腹を押さえて身体を丸める。

「ぐ……っ」

浴衣の腰紐の上に手のひらがある。傷口はあのあたりなのだろう。

「は、速水さんっ、大丈夫ですかっ」

「心配はいらない。これくらいで死ぬほどやわじゃない」

「でも」

「大丈夫だから、最後に笑ってくれないか」

痛みを堪えつつ、速水が蓮を見つめる。冴えた眼差しが逃れようもなく感情のすべてを表していた。

愛している、愛してしまったのだと実感する。

蓮は速水の手のひらごと両手で傷口を覆った。

「最後なんて、嫌です」

「馬鹿を言うな。このままでいたらおまえも巻き込まれる」

速水が蓮の手を放そうとした。が、蓮は一層やわらかく守るように速水の傷口を摩《こす》った。きつく硬く巻き付けた包帯の厚みのせいでぬくもりはあまり感じられない。こうやって固めねばならないほど、本当に深い傷だったのだ。

生きていてくれてよかった。

改めて痛感する。また視界がじわりと滲んでぼやける。

「エイスケさんたちは残るんでしょう？」

エイスケの名前を出したら、数日前の光景が浮かんで来て、ちろちろと青白い焔《ほのお》が思考の奥で歪んだ。すぐに嫉妬だと思った。

あのエイスケの激しさを拒めたのか、押し切られてのそれなりの行為があったのか。知らないし、知りたくもない。でも、二度とそんなことになって欲しくはない。蓮がここに残ることで阻止できるのなら、一緒にいたい。

「まあ、そうだな」

速水は蓮の質問の意図を察したように苦々《にがにが》しげに笑んだ。微かに溜め息もつく。

「だったら俺も速水さんの傍にいます」

「駄目だよ、蓮」

「なんと言われても、速水さんといます。いたいんです」

蓮は嗚咽《おえつ》の名残を滲ませつつも、強く言い切った。速水になんと言われても譲《ゆず》る気はなかった。絶対に速水から離れたくはない。なにも力にはなれないのはわかっているけれど。

「それに、俺がいなくなったら海翔くんが困りますよ」

「照子が田舎で育ててくれる」

「照子さん一人じゃ大変です」

蓮は首を横に振った。

「あと、借金も返せてないですから、俺」

「もう充分だ」

悟ったような穏やかな口調に顔を上げると、速水が澄んだ眼差しをまっすぐに蓮に向けていた。微笑みは崩れず揺るぎもしない。

「え……」

「充分返してもらった」

速水がふうっと溜めていた感情を吐き出すようにして笑った。綺麗で眩しくて、切なくて澄み切った表情だった。

「久しぶりにどきどきして、好きでたまらないという気持ちになった。幸せな時間だったと思っている。いくら金があっても味わえないものだ。心から感謝しているよ」

速水は続けて「ありがとう」と囁いて、蓮の髪を撫でた。手のひらの温かさに胸が詰まる。蓮だって、速水のことが好きでたまらないのだ。お互いの気持ちが嚙み合っているのに、うまく回らない。

どうしてなんだろう。なぜ、想いが同じ形をしているのに、重ねて一緒にいてはいけないのだろう。

「最初は自分でも五千万も肩代わりをするなんて、酔狂《すいきょう》で馬鹿げていると思っていた。なんであんなことを思いついたんだろうと呆れてもいた」

速水は蓮の前髪をさっとかきあげて額に唇を寄せた。ちゅっと甘ったるい音がした。

蓮は速水の脇腹に手を置いたまま、静かに目を伏せた。睫毛が震えているのがわかる。涙の雫が眦へと滑る。

「でも、気づかなかっただけで、あの夜から俺は蓮に惚れていたんだろうな」

「……速水さん。俺……」

「こんな幸せをくれたおまえだけは、明日以降も明るい光の下で笑っていて欲しいと、そう思っている」

速水の唇がするりと鼻梁《びりょう》を滑り落ち、蓮の唇を啄《ついば》む。蓮はぎくしゃくと手のひらを握り締めた。中指の関節が包帯を擦る。

「蓮が幸せなんだろうと想像したら、遠く離れても、俺も幸せでいられそうな気がする」

「……そんな遠まわしなこと思わなくてもいい」

蓮は自分でも驚くくらいに低く重たい口調で、速水の言葉を遮断《しゃだん》した。

「蓮？」

「俺、待ってます」

「は？」

速水の声が裏返って掠れた。

「全部が落ち着くのを海翔くんと一緒に待ってますから、迎えに来てください」

「なに言ってんだ、おまえ。俺の説明が理解できてないのか」

速水は驚きのあまり愕然として、焦《あせ》りまくっている。蓮の言葉が相当思いがけなかったらしい。ヤクザである自分の立場と、彼が背負う『龍盛会』の前にある激烈な「戦争」のことを説明すれば、素直に離れていくと思っていたのだろう。

「できているから言っているんです」

「よく考えて言っているのか？」

「もちろん」

蓮はしっかりと深く頷いて、速水の胸元に頬を寄せた。昂ぶった鼓動が伝わってくる。鼻腔《びこう》をくすぐるのは、熱を帯びた速水の肌の香りだ。

「後悔するぞ」

「絶対にしません。俺は速水さんだけを待ってます。ずっと」

布団に向き合って座るふたりの唇が重なり合う。熱い指先が項を滑る。

「ん……っ」

歯列を割って速水の舌が入り込んで来る。縺れ、混ざり合う唾液が甘い。すぐに舌を絡め取られて執拗に弄ばれる。淫らな恍惚とともに吐息が口角から滑り落ちる。

蓮は速水の腕に縋りついた。

キスだけで全身の力が抜ける。あらゆる感覚が快楽を求めて蠢く。

蓮の舌を味わい、粘膜を弄りあげながら、速水は慣れた指でシャツのボタンを外してしまう。はだけられた鎖骨から胸にかけて速水の手のひらが往復する。

「ん、んっ……っ」

奪われた呼吸の乱れと、触れられて発散できない肉欲が咽喉の奥で暴れまわる。切なくてもどかしくて苦しい。

愛撫を止めて欲しいのではなく、悦《よろこ》びを表に出させて欲しい。キスで塞がれたままでは淫猥《いんわい》な喘ぎは膨張するばかりでつらい。

目尻に涙が溜まっていく。

「……んんっ」

粘《ねば》つくように執拗《しつよう》に貪《むさぼ》る速水のキスから逃れたくて、怖くて、蓮は頭を横に振った。逃れた先にも速水の唇が追い駆けてくる。

曝された肌を往復していた手のひらは、胸で止まり、すっかり尖りはじめていた粒を抓《つま》み上げる。

「ひ、ぁあっ……っ」

強烈な痺れと痛みと快楽に、蓮は大きく仰け反った。やっとキスが外れる。

「ふぅ、うっ、あっ」

一気に空気が入って来て意識がくらくらした。身体の軸がぶれて、倒れそうになる。速水の強い腕がすかさず蓮の腰をとらえて引き戻した。

「ちゃんと愛されたことがないな、蓮」

低く甘い声が耳朶をすり抜ける。蓮は身を震わせて、涙で滲んだ視線で速水を見やった。速水の微笑みはいつも通り端正なのに、いまはひどく淫らではしたなくて、酷薄に感じられた。

「ここだけでもイケるようにしてやりたいね」

速水が蓮の胸元の粒を抓み、弾きながら、囁く。

「あ、んっ……っ」

速水の指に摘み上げられる痺れに眩暈がする。蓮は切なく唇を開閉させた。吐息が掠れて縺れる。

「イイ声だ」

ふっと笑って、速水はもう一方の粒に舌を這わせた。ぴちゃりと濡れた音が聞こえて、もうそれだけでわけがわからなくなる。

「はあ、ぁあ……ぁ」

蓮は背筋を反らせた。

速水は一方の粒を指の腹で擦り上げ、抓み潰し、逆の粒を舐め続ける。時に歯も立てられて、本能が狂い出す。

「あっ、あ……あっ、やっ」

蓮は快楽の凄まじさにじっと座っていられなくて、腰を捩り、シーツから尻を浮かせた。

「ぁあっ……っあ、ん……」

速水の舌の動きは容赦がない。胸の粒が燃えて痺れて膨れて、熟して爆ぜ飛びそうだった。

こんなに気持ち良いのははじめてで、どう表現していいのかわからない。こんなに声をあげて、よがってもはしたなくはないのか。もっと欲しがってもいいのか。

蓮の知っている種類の快楽ではないのだ。速水に縋りつくしか思いつかない。

「すごいな、蓮は。なにも仕込まなくても俺好みに淫らだ」

蓮の胸元から唇を放すと、速水はきゅっと濡れた口角を引き上げた。

「……だって」

「ん？　だって、なに？」

速水は蓮の鼻先にキスをしてから、誘うように訊き返してくる。蓮は微かに首を傾げて、速水の腕を掴む指に力を込めた。

「どうした？　言ってみろ」

蓮と視線の位置を合わせながら、速水が囁く。整った双眸が怪しく光る。

「……なんか、身体、おかしいです」

蓮は明らかに淫楽のせいだとわかる上擦った声で答えた。速水はいかにも嬉しそうに微笑んだ。

「それでいいんだよ、蓮。どんどんおかしくなれ。いやらしく乱れて見せてくれ。次にいつ抱けるかわからないんだから」

速水は蓮の腰を更に深く抱き込んで、ねっとりと耳朶を舐めた。

「はぁ、んんっ」

蓮は震えてしなった。

「可愛いね、蓮」

甘い吐息で聴覚まで翻弄しながら、速水は蓮を布団に倒した。

素早くジーンズと下着を脱がされる。シャツは肩をはだけた状態で上半身に絡みついたままだ。

「べたべただな」

速水は低く呟いて、先走りの蜜を滴らせながら半勃ちになっている中芯を手のひらで包んだ。

「……っ」

熱っぽい指先に、既に硬くなりはじめていた筋を撫でられて、釣り上げられた魚のようにびくんと腰が跳ねた。

速水の手のひらは蜜を塗り込めるようにずるりと上下する。膨張した敏感な粘膜が引っ張り上げられて、どうしようもない快楽が湧きたつ。

「あ、っ……っあっ」

蓮は身体を突っ張らせ、大きく喘いだ。

「は、んっ……っ、あんっ」

自慰《じい》のときや、かつての彼女とのセックスのときとは比較にならないくらい気持ちがいい。ただ芯を擦り上げられているだけなのに。速水の手のひらが触れていると思うだけで、すべての悦びが反応してしまう。

「ぁあっ……あっ、あっ」

蓮は擦られるたびに、腰を跳ね上げ、浅ましいくらいに悶えた。

「悦び方が可愛過ぎるな。もっと気持ちよくしてあげるよ、蓮」

呻くように言い放ち、速水は膨らんで濡れた芯を口に含んだ。手のひらとは明らかに異なる粘つきが絡みつく。ぴちゃぺちゃと舌が這う。

「やっ、や……ぁっ」

快楽がひどすぎて、身体が壊れそうだ。

熱い手のひらが上下し、舌が執拗に膨らみを舐め上げている。

「あっ、あっ、あんっ」

蓮は腰を浮かせ、速水の愛撫の動きに合わせて仰け反った。シーツが捩れて、つま先に纏わりつく。

恍惚がどんどん上り詰めていく。絶頂が見える。

「やめ……やっ、い、く……っ、や……ゃぁっ」

「いいよ、蓮。いっていい」

芯に舌を這わせながら、速水が囁いた。

次の瞬間、蓮の思考は完全にスパークして飛び散った。


くちゅり、と指が孔を穿《うが》つ。

「くっ……っ」

四つん這《ば》いで、腰を掴まれて双丘を押し開かれている。膝と胸の下で乱れたシーツの波が捩れる。

速水の指は奥深く侵入したかと思えば、浅く抜かれ、恐ろしいくらい的確に蓮の弱い箇所を責め立ててくる。狭く締まった中に入り込んでくる痛みと異物感、内臓を押し上げるような圧迫に呼吸が詰まる。

「ふぁ、あ……っっ」

「蓮、ちゃんと息をしろ。止めたらつらいだけだ」

速水が伸し掛かりながら囁きを落とした。

体重がかかり、指の侵略も深くなる。いつの間にか二本に増えていた指が敏感な粘膜を擦り上げている。

「やっ……っ、あっ、ぁあっ」

薬指の先が最奥に触れる。蓮はびくんと跳ねた。

「蓮の一番イイとこはここか」

速水は蓮の耳朶を舐めるように舌を這わせ、蓮が特に反応した箇所を巧みに、執拗にほぐしはじめる。蓮はひくひくと身体を捻り、布団に顔を押しつけて泣き声を上げた。

「どろどろになるくらいほぐしてやるよ、蓮」

「……ひぁ、あ……ああっ……っ」

見知らぬ最絶頂に、蓮は悲鳴に塗《まみ》れた。

激しく快楽を教え込まれ、狂ったように貫かれた日から、もうすぐ半年が経つ。

あのセックスの翌朝、まだ薄暗いうちに、蓮は照子と海翔とともに東京を離れた。急行で三時間ほどの距離だが、高層ビルに囲まれた無機質な都会とは別世界みたいにのどかな田舎町だ。

自給自足とまではいかないけれど、速水の用意した平屋の一軒家の庭ではちょっとした野菜を数種類育てている。トマトときゅうりとオクラなどなど。

引っ越してきて間もなく、近くのホームセンターで苗《なえ》を買ってみたら、これが結構楽しい。収穫した野菜で照子が作ってくれる料理も美味しい。取れたてのトマトで作ったゼリーは、トマトの酸っぱさを苦手にしていた海翔も喜んで食べていた。

速水家にいた頃のようにテレビもパソコンもない。スマートフォンもあまり電波が良くない。家電を引いてあるから、なにかあればそちらを使うようになった。情報は新聞と回覧板のみ。

速水と出逢う前の蓮なら取り残されたような感覚に陥ったかもしれないが、いまはこれくらいのアナログ感が心地よい。明るくなったら起きて、暗くなったら寝るというのは、人間の生理にたぶん一番合っているのだ。

いかと大根のわた煮とほうれん草の胡麻和《ごまあ》え、焼きなすの味噌汁で朝ご飯を済ませ、海翔と庭に出る。きゅうりの緑に朝の陽射しが照り返している。そろそろきゅうりも収穫できるかもしれない。

海翔は両手を上げてバランスを取りながらよちよちと歩いている。歯もだいぶ生《は》え揃い、食事も自分で手づかみで口に運ぶようになった。バナナトーストやチーズバナナサンドが大好きで、本当に美味しそうに食べる。一人前に食卓に向かい、にこにことパンを掴む姿がかなり可愛いらしい。

乳児の丸々とした感じから幼児に近づいて、僅かだが、肉づきがすっきりしてもきた。表情が過ぎるくらいに豊かで、言葉もだいぶ理解できているようだ。隣家の柴犬《しばいぬ》を見て、「わんわん」とちゃんと指を指す。

ますます可愛くなる。速水もこんな姿が見たいだろうに。

半年間、速水自身からは一切連絡がない。

時折、訪ねて来るミツオから傷も癒え、元気にしていると聞いてはいても、本人と話せていないのだから、どこまで本当なのかわからない。ミツオが蓮や照子に心配をかけまいと嘘をついている可能性だってある。

蓮から連絡を取りたくても、速水家の電話番号も速水の携帯番号も知らない。照子に聞けば教えてもらえるとは思うけれど、こちらから能動的に接触していいものなのか。

速水は『龍盛会』のトップとして「戦争」をしている最中なのだ。蓮たちを巻き込まないように切り離してくれているのに、勝手に近づくことは出来ない。

（きっともうちょっとだ。我慢しなきゃ。海翔くんはもっと寂しいんだから）

蓮は自分に言い聞かせて、快晴の空を仰いだ。東京のぼやけた青と違い、この町の空は澄み切って深い。太陽の光はまっすぐに届くし、雲も真っ白だ。

「水やろうかな」

外水道の蛇口に掛かっていたホースを手に取り、庭をよちよちと歩き回る海翔を見やる。頬はまだぷっくりとしているが、はっきりしてきた鼻筋はまっすぐで綺麗で、速水によく似ている。二重のくりっとした瞳はきっと母親似なのだろう。

（……速水さん）

海翔の姿を見るたびに、どうしようもなく速水に逢いたくなる。唇や指先の熱さが恋しい。抱き締められたい。キスがしたい。見つめられたい。見つめたい。

速水が欲しい。

待つことがこんなにつらくて、寂しいだなんて。

デートの遅刻を待ち侘《わ》びるのとは比較にならない。待ち合わせなら必ず来てくれる。でも、いまの速水と蓮の状況では、待ったところで絶対に来てくれるとは限らないのだ。

「戦争」の結果によっては待ちぼうけになる可能性だってある。

蓮は重たく溜め息を吐いた。

「ままぁ」

いきなり海翔がそう言った。ぎょっとした。

速水のために「パパ」は教えているが、母親のいない海翔には残酷なことになるからと、「ママ」は照子も蓮も絶対に発さないようにしていた。

それなのに。

「ままっ！」

もう一度、海翔が声を張り上げる。にこにこと蓮に向かって手を振る。

どこで覚えたのだろう。誰が教えたのだろう。この海翔の仕草や表情からして、蓮を「ママ」だと思っている。刷り込まれている。

（誰がこんな……）

蓮は慌ててホースを放り投げ、海翔に駆け寄った。小さな手をぎゅっと握りしめる。

「まま、まま！」

海翔がまた繰り返す。

「海翔くん」

「なんだ。ママと呼ばれているのか」

海翔に呼びかけようとした蓮を遮って、低くはっきりした声が笑う。

「え……？」

驚いて、恐る恐る振り返る。まさかと思った。逢いたいと切望した人間の声が、こんなにタイミングよく聞こえるはずがない。

　ごくりと咽喉が鳴り、鼓動が落ち着きなく波打つ。

「まあ、似たようなものか」

　細いストライプ柄のシャツに濃いブラウンのパンツ。第三ボタンまで外し、腰に手をあてて速水が立っていた。

「速水、さん……？」

「ああ」

　速水がゆったりと頷く。端正な面差しに綺麗な微笑みを湛えている。少し髪が伸びた以外は半年前とちっとも変わらない、よく知っている速水だった。

「蓮は本当に海翔のママになればいい」

「もうっ……っ」

　蓮は泣き出しそうになるのを必死に堪えて、かろうじて笑顔を作った。

「待たせたね、蓮」

　速水はふっと笑む。いつもの、馴染《なじ》んだ笑い方。

　懐《なつ》かしくて、愛しくて、唇から切ない吐息が溢れこぼれる。蓮は速水に駆け寄って、ぎゅっと抱きついた。

「速水さんっ」

速水の熱く強い腕が蓮の身体をがっしりと受け止めてくれた。

蓮が寝起きしている奥の部屋。

灯りを消した空間に、カーテン越しの細い月の光が差し込んでいる。

「おいで」

ベッドに腰掛けた速水が隣を叩く。蓮は素直に速水に寄り添って座った。

すぐに速水が身体を傾け、唇を重ねてくる。

「ん……」

ふたり分の甘い息が混じり合う。唇を割り入り込んできた舌が蓮の舌を絡め取る。自分のものなのに思うようにならない口角から唾液が細い糸になって伝った。

蓮は速水のシャツを握り締めた。指先が震える。

「ゆっくり愛したいんだが、俺もおまえに飢えていたからな。少しひどいことをしても許してくれ」

唇を放すと、速水は掠れた声で囁いて、蓮をベッドに倒した。

シャツの裾を捲り上げられ、肌を弄《いじ》られる。

「ん……っ」

それだけで身体が痺れる。速水の手のひらが淫楽を呼び覚ましていく。

指先がにじり潰すように胸元の粒を抓んで擦る。じんじんとした疼きが胸から下腹部へ落ちていく。蓮は弓なりに身体をしならせた。

「ぁあ……ぁん……っ」

「相変わらずいやらしいな。こんな身体で耐えられたのか」

蓮の身体を引き戻し、速水が少し意地悪そうに囁く。指先の力が増す。疼きが尾骨《びこう》のほうへ感電でもしたような鋭い痺れを奔らせる。

「っ……ふ、は……あぁっ」

蓮は腰を浮かせ、速水の肩に縋りついた。

「どうやって慰めていた？」

速水が蓮に覆い被さり、そうっと耳朶を食《は》む。胸の粒を翻弄されていたときとは微妙に種類の違う痺れが身体の奥へ落ちていく。

切ないまでの恍惚の兆《きざ》しに視界が潤む。まるで高熱でうなされているときみたいに、眼球の裏がかっと沁みる。瞬きのたびに赤黒いなにかがスパークする。

「……慰めて、って……？」

問い返す声が上擦る。

「自分で、ということだろうがな。もう許さない」

威嚇《いかく》めいた声を発し、速水が指の動きを止める。

蓮は、見え始めた快楽の入り口で梯子を外されたような心もとなさで、速水を見上げる。視線の先で速水の輪郭が熱っぽくぼやける。

「……速水、さん？」

速水はなにを怒っているのだろう。

速水は双眸を細めて、蓮を見つめてくる。ひどくまっすぐで真摯で、速水が想ってくれていることがわかる。

息苦しいまでに速水が愛おしい。いままでこんなふうに見つめてくれる人などいなかった。

「たとえ自慰でも、俺以外の手が蓮をイかせると想像したら嫉妬してしまう」

思いがけず駄々っ子じみた言葉を言われ、蓮は驚きに目を見開く。視界は発熱したままにぼんやりしているけれど、速水の端正な眼差しがいつになく可愛らしく思えた。

「蓮は俺にだけ愛されていればいい」

そう言い放つと、速水は膨れ上がった蓮の胸元の粒に歯をあてる。舌を這わせ、軽く噛む。膨らんだものが縮み上がる。

蓮は一度は途切れた悦楽の続きに喘いだ。

速水が嬉しそうに笑った、ような気がした。

甘くて切なすぎる恍惚が肌を粟立《あわだ》たせる。堪えようとしても腰が蠢く。

「あ、あっ……あっぁ、や、ぁ……」

そのたびに引き戻されて、シーツに埋められる。速水の指先も唇も容赦がない。瞬く間に蓮を追い詰めて急き立てる。

「ああ、蓮……本当にいやらしくて可愛い。たっぷり愛してやる」

速水は、蓮の肌を確かめるように唇を滑らせ、時折吸い上げて舌を使う。ぴちゃぴちゃと肌を濡らされていく。

「……はぁ、あ……ぁっ」

蓮は大きく仰け反って、速水の肩に爪を立てた。

肌のあちらこちらを弄り、執拗なくらいに蓮を喘がせてから、既に下腹を打ちつけんばかりに反り返っていた中芯に触れる。

先走りの蜜でべとついていた部分を速水の手のひらが擦り上げる。

「あ……あ、あっ……っ」

淫らな快感に腰を捩る。膝が震える。速水の巧みな手で、蓮は昂ぶりへと追い上げられていく。

「っ……んっ、んんっ……ぁあっ」

蓮は縋るように、せがむように甘やかに喘ぐ。気持ち良さのあまり、声が裏返って、啜り泣きっぽい響きに変わっていく。

蓮はがくがくと震えるつま先でもどかしくシーツを乱した。

やがて、速水は蓮の肉欲で硬く張りつめた芯を口に含んだ。熱くやわらかな速水の粘膜が蓮を包み込む。

「ああっ」

手で擦り上げられているときとは異なる凄まじいまでの悦楽が襲ってくる。

速水の舌が芯をねっとりと絡みつく。手のひらと唇がずるずると上下しはじめる。

「ぁ、あ……っ……んっ」

蓮は快楽にひくつき、速水の肩すら掴んでいられなくなった。

速水が動くたびに蓮の腰が浅ましく揺らぐ。背筋が反り返る。全身に淫らな疼きと痺れが侵蝕《しんしょく》していく。

「……い、い……っ、ああっ、あっ……っ」

一際《ひときわ》大きく速水の舌が上下し、蓮の意識の奥底が真っ白になる。速水の唇に銜《くわ》え込まれた中芯がびくんっとはじけた。

蓮は思いきり身体を仰け反らせて、か細く甲高い絶頂の悲鳴をあげた。

劣情を放って脱力しきった蓮の鼻先に軽くキスをすると、速水は「いいな?」と訊いてきた。主語はなにもなかったけれど、速水の求めていることはわかる。

蓮はうまく力の入らない頭を揺らして、かろうじて頷いた。

「いい子だ」

速水は蓮の鼻先にもう一度啄むようなくちづけをした。

蓮は甘えるみたいに吐息を漏らす。

すぐに、速水は蓮の脚を大きく淫らに開かせ、その間に身体を挟み込む。太腿をしっかりとつかみ、抱え上げる。

速水はすかさず、ぐっと腰を押しつけきた。

「ひゃ、ぁあ……んっ」

滾る圧迫感が蓮を突き上げる。

速水が蓮の奥底を確かめるように深々と穿つ。

最初のセックスの際に見つけ出し、充分にほぐして、蓮を快楽に溺れさせた淫らなところまで辿り着くと、ぐるりと腰を回す。

「あ、あっ……っ、あっ、あっ」

喘ぎが上擦り、細切れになる。悦ぶのさえ苦しいくらい気持ちがいい。

速水はずるりと腰を引き抜き、蓮が物欲しげに腰を蠢かせるのを待ってから、再び奥深く激しく侵入させる。ぐちゅりと蓮の粘膜が淫靡に水っぽく鳴る。

「……あっ、あ……っ、んっ……あ」

速水の肉欲に貫かれ、快楽の衝撃に蓮は弓なりに仰け反った。身体の下でシーツが縒れる。

速水がゆっくりと、だが、蓮を翻弄して狂わせるように抽挿をはじめる。

熱くて痺れて、気持ちがよくて、思考も理性も動かなくなる。

もっと欲しい。もっと奥まで、もっと激しく。

愛して。

快楽で淫らに泣かせて
「んっ、っ……」

あまりの悦楽に、蓮の目尻に涙が溜まっていく。

「いっ、いい……っ、ぁあっ」

「気持ちイイか？」

耳朶を食むみたいに囁かれて、蓮は小刻みに頷く。

「蓮は本当に淫らでいい子だ。身体も悦び方も堪《たま》らない。おまえを誰にも渡したくない」

言いながら、速水は腰を深く浅く打ちつける。膨張しきった速水の軸はぎっちりと蓮の中を埋めつくし、執拗に律動し続ける。

「は、あぁっ……ぁっ」

蓮は背筋をしならせつつ、速水に縋りつく。

唇をぱくぱくと開閉させて、「好き、好き。速水さんが好き」と、声にならない言葉を発した。咽喉から唇の寸前で、速水への想いが纏わりつく。

蓮はなおも唇を動かす。

快楽に飢えてでもいるみたいに。

速水が覆い被さってきて、蓮の唇を貪《むさぼ》る。

もう唇は開閉しない。

それでも、蓮は、速水への想いだけはしつこいくらいに繰り返し続けた。

重なった唇から、言葉として外には出なかった恋情が速水に吸い込まれていくような気がした。

「……蓮、もっと良くしてやる。思いきり感じろ」

速水は唇を外すと、腰を大きく回して、蓮の身体を更に強く抱え込んだ。

「っ……ああっ、あ……んんっ」

穿たれる気持ち良さに、蓮はすすり泣くような声を上げた。

瘧《おこり》のように震えだす蓮との繋がりをしっかりと確かめて、速水の抽挿が速くなる。

深く押し込み、中をぐちゅぐちゅにかき回して、思いきり抜く。入口すれすれまで腰を引いて、また激しく貫いてくる。

「あ、あっ……速水、さん……ぁあっ」

蓮は速水の動きに完全に溺れ、合わせて腰を揺らし続ける。

もっと愛されたい。

もっと激しく深く、狂いたい。

「好き……っ、好き……ぃ……い、あ……っ」

さっきは声にならなかった感情が漏れる。

速水の律動はクライマックスに近づき、一層激しく鋭くなっていく。火照った肌を繰り返し揺すられる。

「ひ、ぁあ……ぁぁああっ」

淫猥な快感で視界は白く掠れた。

速水のやわらかで低い声が「愛している」と囁くのが、確かに聞こえた。


目を覚ますと、目の前に速水がいる。頭を預けているのは紛れもなく速水の腕だ。

蓮は速水の胸元に鼻先を摺り寄せた。すぐに速水の腕が絡みついてきて、強く抱き締められる。

「……速水さん」

「ん？」

「もう傷口痛まないんですか？」

「ちっとも」

速水はふふんと鼻を鳴らし、蓮の裸の背中を撫でた。

「よかった」

蓮は安堵の息を漏らして、速水の首筋に腕を回した。そうっと縋《すが》りつく。速水が穏やかに笑う。

「怪我もそうだし、例の件も落ち着いた。もう大丈夫だから、海翔と照子と一緒に戻って来い。また一緒に暮らそう」

「はい……」

速水の優しい言葉に蓮は頷いた。

それを待っていたかのように、速水がまた蓮を抱き締める。肌と肌が密着し、互いの熱と香りが混ざり合う。速水の触れている部分の熱がひどく気持ちがいい。

どうしてこんなに愛しいのだろうと、自分でも疑問に思うくらい、いまの蓮は速水を愛している。きっと速水もそうに違いない。

愛されていると、ぬくもりで実感させてくれる。

「あとな、蓮」

「はい？」

「エイスケのほうも大丈夫だ」

「え……？」

急に話題を変えた速水に驚いて、蓮は腕を解いた。速水の顔を覗き込む。

「おまえに惚れることは絶対ないと言い聞かせた」

蓮に額を寄せて、速水がふっと微笑んだ。

「どうしてもと言うなら、一度だけなら寝てやる。その代わり、二度とおまえとは口を利かないと宣言した」

「そんなんで、大丈夫なんですか」

蓮は二度ゆっくりと瞬いた。速水がまた微笑む。

「わからんがな。なにかしかけてきたら殴り飛ばすさ。俺には蓮がいる」

速水は当たり前だとばかりに言い放ち、蓮の腰を思いきり抱き寄せた。ますます肌が重なり合い、ぬくもりがどちらのものなのかわからなくなる。鼓動のリズムもふたり分があっさりとひとつになってしまう。

蓮はぎこちなく速水の腕に手を添えた。

「だから、蓮は安心して俺のところに帰ってくればいい。なあ、海翔のママ」

速水がからかうように明るく笑った。

蓮は自分ですら確かめるように頷くと、速水の胸に顔を埋めた。

育った野菜たちを収穫して、照子さんに美味しい食事を作ってもらおう。皆でそれを食べてから、あの屋敷に帰るのだ。

――もう二度と速水から離れないために。

おわり

あとがき

はじめまして、あるいはこんにちは。稀崎朱里《きざきあかり》です。

久々のBLは、境遇がまるで異なるふたりが出逢い、赤ちゃんをきっかけに近づいていくという優しく可愛らしいお話に挑戦してみました。育児の経験がないので、友達に聞いたり、育児書を何冊か読んだり、担当さまにアドバイスをいただいたりして、試行錯誤《しこうさくご》しつつ書き進める毎日でした。いつもの作品とはまた違った意味の大変さがあった分、キャラクターたちが更に愛《いと》おしくてたまりません。メインのふたりの恋愛と同じくらい、海翔《かいと》くんの可愛らしさが伝わっているといいなぁ。

あ、もちろん、赤ちゃん重視過ぎて濡れ場に手を抜くなんてこともしていないつもりです。あくまでも当社比ですが（笑）皆さまに楽しんでいただけますように。

私はきっと東京以外の場所で、この本の発売日を迎えていると思います。それが北の大地になるか、杜《もり》の都になるか、はたまた意外にも都内か千葉にいるか――神のみぞ知るというか、誰かさん次第なんですけれどね（誰かさんって誰だよ。笑）

「なにかを好きでいるのって素敵で幸せだな」と思いながら、この気持ちをどんどん作品に反映するぞ！　な～んて言い訳したりもしてあちこちふらついています。

でも、どこにいても発売日には、どきどきわくわくで書店を覗きます。何度発売日を迎えてもそれだけは変わりません。幸せでたまりません。

そんな気持ちをいつも味あわせてくださる出版社の皆さま、担当さま、本当にありがとうございます。

イラストを描いてくださった周防佑未《すおうゆうみ》先生、素敵過ぎる速水《はやみ》さんと蓮《れん》と海翔くんをありがとうございました。キャラクターデザインやラフを見るのが本当に楽しみでした。

拙《つたな》い私の本を手に取ってくださる読者の皆さまへ、心からの感謝と愛を込めて。

そう遠くないいつか、また素敵な形でお逢いできますように。

稀崎　朱里

さんきゅーです。

セシル文庫をお買い上げいただき、ありがとうございます。
この本を読んでのご意見・ご感想・ファンレターをお待ちしております。

☆あて先☆
〒154-0002　東京都世田谷区下馬6-15-4
コスミック出版　セシル編集部
「稀崎朱里先生」「周防佑未先生」または「感想」「お問い合わせ」係
→Eメールでも OK！　cecil@cosmicpub.jp

セシル文庫

赤《あか》ちゃんとハードボイルド

【著者】　稀崎朱里《きざきあかり》
【発行人】　杉原葉子
【発行】　株式会社コスミック出版
〒154-0002　東京都世田谷区下馬 6-15-4
【お問い合わせ】　- 営業部 -　TEL 03(5432)7084　FAX 03(5432)7088
- 編集部 -　TEL 03(5432)7086　FAX 03(5432)7090
【ホームページ】　http://www.cosmicpub.com/
【振替口座】　00110-8-611382
【印刷／製本】　中央精版印刷株式会社